WOMEN PLOT

Sharing Inspiring Women Stories

LA CURA DI ME

Elena Pulici

WOMEN PLOT

hello@womenplot.com

Prima edizione in "Emerging" maggio 2021
ISBN: 9791280593047

Editing: Erica Isotta & Nora Ceccanti
Illustrazioni: Maria Sole Costanzo

Il catalogo completo delle edizioni Women Plot può essere trovato al sito www.womenplot.com

La cura di me

A me stessa, perché sono andata oltre.

Alle donne che stanno provando ad andare oltre.

Alle donne che pensano di non riuscirci.

Alla mia splendida Emma.

PREMESSA

La cura di me.

Una serie di racconti femminili aventi come protagoniste donne dalle più varie esperienze ma caratterizzate da una forza interiore fuori dal comune che le ha portate a maturare scelte importanti, alcune molto dolorose, e a lottare per perseguire la propria felicità.

Felicità, una parola che io racchiudo in una frase: avere cura di me.

Già. In un mondo che ci impone schemi, modelli e comportamenti a volte lontanissimi da noi stesse, da quello che abbiamo dentro di noi, il vero atto rivoluzionario è imparare ad amare sé stessi. Un giorno alla volta, con costanza e serenità abbiamo il dovere di provarci.

In continua competizione con noi stesse, corriamo lontane da quello che siamo per rincorrere un modello che nella migliore delle ipotesi non ci appartiene più e nella peggiore delle ipotesi non ci è mai appartenuto. E se invece decidessimo di non correre più?

Dietro a modelli, schemi sociali ipocriti, uomini predatori che nulla ci donano, un intero universo che si intromette nelle nostre scelte e ci fa allontanare da noi stesse. Sino quasi a non riuscire a intravederci, un punto lontanissimo, sfuocato, all'orizzonte.

Ecco, i miei racconti vorrebbero essere lo strumento per farvi intravedere una possibile alternativa alla "rincorsa del lontano da me", verso il "lento camminare di fianco a me".

Quel senso del non perdersi mai che le protagoniste di questo libro hanno fatto proprio e che le ha accompagnate in ogni scelta fatta. E non importa se alcune hanno avuto bisogno di molto tempo, ciò che conta è l'essere riuscite ad avere cura di sé.

Allontanarsi da una relazione che non offre nulla, da un uomo egoista, oppure superare un dolore per un lutto improvviso, decidere di intraprendere un percorso di noviziato, lasciare alle generazioni future un testamento di libertà, accettare la diversità di un figlio.

Non sono certamente percorsi che possano essere affrontati con piedi veloci, ma al contrario necessitano di cuori e menti lenti, e scarpe comode. Il viaggio è molto lungo, si avrà spesso il senso del buio nel cuore. Non si cede, non si arretra, si cerca conforto nella certezza che ci deve accompagnare: possedere risorse. Tutte le abbiamo e tante, incontenibili, impetuose, dobbiamo solo assecondarle. Saranno loro a prendersi cura di noi. Le nostre risorse sono il patrimonio che lasciamo ai nostri figli.

Questo libro è in un certo senso me stessa, il mio lungo e lento percorso per arrivare a capire quanto amarsi ci consenta di essere amate e senza dubbio al contempo è anche un mezzo per insegnare l'indulgenza verso noi stesse.

Una parte di me è infatti in ognuno dei racconti, perché anche io come voi ho fatto errori, ho avuto i miei dolori, che mi hanno trapassato da parte a parte, lasciandomi profonde cicatrici.

Non è stato facile andare oltre, recuperarmi, ma nondimeno ho risposto al dolore con la gratitudine, perché quello che sono ora è il frutto di tutte le mie sofferenze.

Ho pagato cara la mia vita ed è per questo che la amo perdutamente, ed è quello che davvero mi auguro per tutte noi. Con il tempo che ognuna riterrà necessario. Ecco, questo invero è l'essenza e il significato stesso della parola indulgenza, ovvero l'accompagnarci con un occhio benevolo, il riconoscere le nostre fragilità senza necessariamente giudicarle come zavorre, ma al contrario come stimolo per oltrepassarle.

Ho spesso l'impressione che ci siamo evolute per dare più peso ai nostri difetti, errori, carenze rispetto alle nostre risorse e ai nostri successi quotidiani. Come se la mente di noi donne fosse polarizzata alla negatività in una sorta di scala di valori costruita all'inverso, per dare un peso alle esperienze negative maggiore di quello che abbiano in realtà avuto. Una sorta di continua flagellazione per completare la *to do list* quotidiana che ci allontana invero da noi stesse, a volte in maniera irreparabile.

Questo libro vuole al contrario trasmettere un messaggio opposto: essere indulgenti con sé stessi può portare a risultati più grandi di quanto l'autocritica possa mai fare. La *self-compassion* stimola la motivazione e il cambiamento positivo, un miglioramento personale attraverso un'accresciuta accettazione e un atteggiamento costruttivo di fronte ai rimpianti. In altre parole, lo sforzo di lasciare andare errori attraverso la cura di sé, il ricostruirsi per affrontare nuove sfide oppure semplicemente la vita stessa. Il libro diventa così un meta-oggetto che mi auguro possa tenervi per mano in un momento magari difficile che state attraversando, per insegnarci che noi stesse siamo la persona a cui dobbiamo volere il maggior bene che sia possibile affinché nessuna si perda.

In un momento molto doloroso della mia vita, mio padre mi scrisse un biglietto: "Non piangere, sei una roccia e io sarò comunque sempre al tuo fianco, e quando camminando non vedrai più l'ombra è perché ti avrò preso in braccio come quando eri piccina".

Ecco, di questo abbiamo bisogno tutte noi, il tenersi strette a noi stesse, il sapersi non più sole, combattive ma fragili, scheletri fatti d'amore come scriveva la poetessa Alda Merini.

E in questo viaggio riscopriremo la solidarietà femminile, la sorellanza tra di noi che dobbiamo considerare come la nostra prima risorsa.

Portiamoci nel cuore tutte. Non una di meno.

LELE

Preservata in eterno dai tuoi rami
ricchi d'amore giaci e la tua faccia
è un anello di quiete
dopo le furie attive della morte

(Alda Merini)

Oggi, per la prima volta, quando le abbiamo comunicato la pronuncia della Corte di appello dopo ben undici anni dalla morte del padre, Lele è scoppiata in un fragoroso pianto. Singhiozzava fortissimo, quasi le mancava il fiato.

Una battaglia durissima, la sua, contro gli associati del padre per condannarli al pagamento delle quote dovute. In tutti questi anni di battaglie legali Lele non ha mai pianto, ha indossato una specie di armatura che l'ha protetta quasi a impedirle di soffrire, ma anche di vivere.

Non ha pianto, Lele, in aeroporto, non ha pianto quando ha effettuato il riconoscimento, non ha pianto al funerale stracolmo di persone che la guardavano piene di commozione. Non ha pianto in tutti gli anni in cui ha affrontato battaglie legali durissime, con plurimi tentativi diffamatori nei suoi confronti da parte di coloro che aveva trascinato in tribunale.

In tutti questi anni l'ho vista così forte, granitica e sola. Sì, perché Lele in questa battaglia è sola, non può contare su nessuno e del resto neppure ha raccontato a nessuno questa vicenda. Ha tenuto tutto dentro di sé nutrendosi di questa solitudine interiore per isolarsi da tutto e tutti, per mantenersi lucida nella battaglia e sconfiggere i nemici del padre. Solo la madre le resta accanto ed è proprio lei che la chiama dal nostro studio e le comunica in viva voce la bella notizia: «Lele, figlia mia adorata, hai vinto! Sono stati condannati!»

Un silenzio lunghissimo e poi i singhiozzi arrivano e le sue uniche parole sono «Mamma, mamma, mamma».

Lele in questi undici anni si è presa cura di sé rimanendo ferma sulle sue gambe e continuando a coltivare le sue passioni. Non ha ceduto il passo all'odio che l'ha circondata. Ha creduto moltissimo nella battaglia che stava portando avanti e nella bontà delle sue convinzioni. Ha atteso in silenzio che il tempo sistemasse con cura ogni cosa senza affrettare il suo trascorrere lento. Come avrebbe fatto il padre adorato, che era solito ricordarle come il tempo ha una sua intelligenza misteriosa, anche la notte più cupa alla fine finisce, il sole risorge sempre.

Ecco, ora per Lele il sole è tornato e, ovunque sia il suo papà, lei è certa che la stia guardando.

***

«Lele, avvisa la mamma che l'aereo è in orario. Ci vediamo a Linate. I bambini?»

Ecco, queste sono le nostre ultime parole. Al posto della tua voce ho sentito solamente un rumore sordo. Quello stesso rumore che mi avrebbe accompagnato in tante notti a venire.

Ho pensato che ti fosse caduto il telefono. E invece eri caduto tu. Il mio angelo indistruttibile, solo in mezzo a troppe persone che si affannavano intorno a te, ma che tuttavia non erano abbastanza perché io non ero tra loro. Questo è ciò che per anni ho rimproverato alla vita, l'avermi negato la tua ultima carezza, la mia ultima carezza.

Perché invero noi due tutte le parole ce le siamo dette e io non le dimenticherò mai. Come la faccia che hai fatto quando sono uscita dal cancello di casa in sella alla mia Vespa, preoccupato, anche se ridevi, mentre gridavi le ultime raccomandazioni. O quando mi aspettavi di ritorno dall'università ogni volta che sostenevo un esame e mi guardavi da lontano senza parlare e io facevo segno con le mani – trenta – e tu alzavi le braccia come a dirmi “Mi hai fatto stare in pensiero per nulla!” Oppure quando hai visto tuo nipote Tommaso per la prima volta nella culletta termica direttamente dalla sala operatoria. E un tonfo al cuore ti avrà colpito come una freccia tirata da un arco potente. La vita ti aveva restituito in un certo qual modo tuo figlio e con una somiglianza incredibile, quasi beffarda. Te ne sei stato seduto per ore a fissarlo senza parlare, come incredulo che la vita avesse voluto restituirtelo. Ricordo ancora come fingevo di dormire perché non volevo disturbare il vostro primo – o rinnovato – incontro. E quando poi l’hai preso in braccio gli occhi tremavano e si fondevano con quelli di tuo nipote che muoveva il viso per studiare il tuo odore. E ancora, quando è nata Emma e subito mi hai detto: «È una bambolina perfetta, ti assomiglia tantissimo». Anche allora ti sei seduto di fianco a me e non mi hai lasciato per giorni interi. Sapevi bene le angosce che avevo nel cuore e per questo mi rimanevi accanto senza parlare. Non servivano parole tra noi.

Invece, quel sabato pomeriggio in aeroporto, mentre crollavi a terra, di parole te ne avrei urlate tantissime per non farti andare via, per non lasciarmi sola.

Per anni ho continuato a ripetermi che se fossi stata lì non te ne saresti andato via, non te lo avrei permesso e tu stesso avresti lottato mentre mi stringevi la mano e io ti tenevo la testa in attesa dei soccorsi.

Questo non sono riuscita ad accettare per molti anni: il non poterti vedere più, e così giorno dopo giorno mi sono barricata dietro mura altissime che alla fine sono diventate amiche care, mi hanno protetto e nutrito impedendo a qualsiasi parte del mondo esterno di avvicinarsi. Il dolore era per me un fidato amico, un rifugio buono, una culla in cui abbandonarmi dove nessuno avrebbe più potuto farmi del male e al contempo un luogo capace di farmi sentire viva.

Eppure, sapevo che tu, ovunque tu fossi, non ne saresti stato felice. Così ho lentamente cominciato a prendermi cura di me e, soprattutto per i miei figli, ho cominciato a rompere mattone dopo mattone le alte mura; alla fine ho deposto l'armatura e sono tornata al mondo. Questo mondo che mi sembra così vuoto senza di te, senza poter ascoltare la tua voce, che mi pare iniziare e finire in quell'aeroporto e che invece è anche grande e meraviglioso, e che merita tutta la cura di me che io potrò dargli.

E proprio oggi vorrei che tu mi guardassi e mi dicessi che sei fiero di me. Perché non ho ceduto all'odio e all'indecenza di chi, ipocrita, ti era vicino in vita, ma ho lottato e ho risposto a questo immenso dolore con la gratitudine per quello che ho avuto in dono da te e che sento forte pulsare sulla pelle, sulla spina dorsale e negli occhi. Sei stato l'unica mano tesa nei corridoi bui di questi anni e, mentre li percorrevo sola, ho fatto mia la tua dignità, la tua correttezza e la tua caparbietà.

Ricordi cosa mi dicevi? «Le giornate, anche se crediamo fermamente il contrario, hanno una loro intelligenza misteriosa, e alla fine il sole torna sempre».

Ecco, papà mi vedi? Vero che mi vedi? Non ho più paura, le mura non esistono più. Oggi cammino sotto il sole così caldo e lucente che mi inonda e mi scalda. Lo sento sulle guance e ti penso tanto mentre mi rendo conto di quello che mi hai lasciato, la tua eredità. Il senso del dovere, della fatica e del lavoro; la pazienza di aspettare. La fiducia in un amore travolgente, l'unico che possa essere chiamato così, l'unico che valga la pena di perseguire e preservare a ogni costo. L'amore che non ha nulla a che vedere con la mestizia e l'ipocrisia borghese e che non chiede un prezzo troppo alto da pagare.

Me lo dicevi sempre: «Forza Lele, tu sei una roccia. Hai solo incespicato su un uomo, ma su tutto il resto non potevi incespicare».

Sì papà, su tutto il resto non ho incespicato, ma ovunque tu sia non smettere mai di guardarmi.

LEI E L’ALTRA

Ed eccomi qui sola a udir ancora
il lieve brontolìo de' tizzi ardenti;
eccomi ad aspettarlo: è uscito or ora
canticchiando, col sigaro tra i denti

(Contessa Lara)

Mi chiedo spesso se il destino ci faccia nascere “lei” o “l’altra”, se un destino irreversibile ci leghi a una delle due o a entrambe. E ancora, chissà dove inizia il destino e finisce la scelta e viceversa.

Io credo che ognuna in fondo sia responsabile della vita che vive, senza che l’una o l’altra trattengano la controparte con raffinatissime tecniche che mascherino il ricatto in desiderio o innocenza.

La verità è più semplice: in questo destino e in questa scelta c’è comunque molta sofferenza. Una donna che decide consapevolmente di annullare la propria dignità e restare in nome di qualcosa o qualcuno che oramai è lontanissimo da lei, dal suo cuore, rappresenta quanto di più lontano ci possa essere dall’avere cura di sé.

E nel tentativo di raccontare cosa abbia nel cuore una donna che non riesce ad andare oltre mi sono posta con profondo garbo e dolce schiettezza, mettendo le parole le une vicine alle altre per raccontarvi quanto a volte la dignità possa sembrare un orizzonte impossibile, invalicabile. E come la strada sia sempre un cammino lento, che richiede il tempo che ognuna si concede. Per ritrovarsi e non perdersi più.

Ci sono uomini che non ci meritano. Punto. Senza se e senza ma. Inutile restare, che siamo “lei” o “l’altra” poco importa. Si è perdenti entrambe.

Sbagliamo, succede, inutile insistere con una caparbietà che svilisce la nostra dignità. Prendiamoci il tempo che ci occorre per andare oltre.

Non possiamo restare a fianco a uomini così. Non siamo venute al mondo per restare loro accanto, ma per allontanarci. Senza voltarsi.

Che questo racconto possa accompagnare tutte noi. Chi è andata oltre, chi sta cercando di farlo, chi pensa che non ci riuscirà mai. Nessuna lasci la mano dell’altra, nessuna si senta sola.

***

Dovevo cambiarle quelle tende. Manco mi piacciono, non so perché mi sono fatta convincere a prenderle, più le guardo e più mi sembra che mi assomiglino: di scarso valore e manifattura, lontane dall'arredamento della camera, anzi forse dell'intera casa. Così mi sento. Lontana da tutto ciò che mi circonda.

Oggi alzarmi mi pesa; vorrei non farlo, vorrei restare in questo letto e sperare che tutto si aggiusti, che tutto torni come prima. Ma prima quando? Quando sono stata felice? Non me lo ricordo più.

Le discussioni ci sono state da subito, la gravidanza così repentina non mi ha dato modo di godermi la fase di giovane coppia, da figlia sono diventata subito moglie e poi madre dopo solo un mese dal matrimonio.

Pensavo che la gravidanza sarebbe stata uno stato di grazia, invece il mio corpo cambiava in peggio e io non lo accettavo. Lui non capiva e del resto quando mai ha capito qualcosa di me? A lui importano solo i ruoli da rispettare e se non si è felici pazienza.

Ed eccomi qua, diciotto anni di ruoli: moglie, madre, moglie tradita, madre. Alla fine sono solo questo, solo questo sento di essere: una vecchia brutta moglie tradita che non ha il coraggio e la dignità di andarsene da questo inferno e che recita la parte della donna soddisfatta.

Già; questo me lo devo ricordare sempre quando accampa scuse per chiudersi in bagno e resta online per ore con lei; quando si inventa cose assurde per raggiungerla e io resto a casa a fare sempre la stessa cosa, la moglie tradita e la madre; ancora i ruoli da rispettare.

Devo alzarmi ora, sì, adesso lo faccio e magari oggi avrò coraggio e dignità, magari oggi. Come quando ebbi il coraggio di dire «Sì, ti lascio mi sono innamorata e voglio andarmene». Non ho neppure pensato a mio figlio, volevo andarmene, volevo vivere, volevo essere di nuovo solo una ragazza.

Ma anche allora non ebbi il coraggio di farlo davvero. Sono rimasta e mi sono riempita di odio.

Per lui, o forse solo per me. E così mi sono ripetuta quella frase stupida che spesso solo le donne nella mia situazione ripetono a sé stesse: "Io sono la moglie; io resto e godo dei benefici economici; lei semmai deve andarsene, chi è del resto lei per farmi rinunciare ai soldi, alle case, a tutto quanto mi spetta?"

Lei. La chiamo così. Anche se conosco il suo nome: dolce, raffinato. La odio. Ecco l'ho detto; odio la sua libertà, la sua sicurezza, la sua bellezza.

Lei ha avuto coraggio: ha lasciato il marito infedele e si è ripresa la vita; il mio, di marito, non poteva che restarne affascinato.

Sorrido mentre penso a questa cosa; il mio… di mio qui non c'è più nulla.

E lei lo sa bene. Si è accorta che guardavo le sue foto sui social e mi ha affrontata. Le sue parole ironiche nel dirmi che il mio vivere nel dubbio "deve essere terribile" – mi ha scritto – e che "è giusto che ti sciolga ogni dubbio". Con una feroce ironia mi ha informata che lei c'era sempre stata in questi anni, ma che ora preferiva restituirmelo e ha aggiunto "con i miei migliori auguri".

Mi ha reso lui, il suo scarto. E io l'ho ripreso, addirittura ero quasi felice, pensavo che fosse finita. Che stupida. È stata una mossa vincente la sua. E io non ho capito nulla; così facendo sapeva che lui si sarebbe precipitato a riconquistarla.

Una donna del genere lui non avrebbe tollerato di perderla.

E così è stato. I primi giorni in cui lei era sparita lui sembrava aver perso i punti di riferimento. Poi d'improvviso si è calmato, sicuramente per la riconciliazione con lei e il suo ritorno nella sua, nella nostra vita.

Ovviamente adesso lui recita – malamente – la parte dell'uomo solo che riprende il proprio ruolo in famiglia. E io fingo di sapere e non sapere, di accettare e respingere. Ma ho solo disprezzo per tutti nel mio cuore. Non finirà mai, mentirà sempre – forse a entrambe – ma lui non sa stare senza lei, senza una "lei".

Eppure continuo a restare, non abbandono il mio ruolo e impedisco anche a lui di lasciarmi. La butto sul pietismo, sulla solitudine, sul senso di colpa, sul senso del dovere. So che queste cose non c'entrano nulla con l'unione affettiva tra due persone, ma il matrimonio è un contratto e ci sono clausole da rispettare. Appunto, i ruoli.

A volte penso, se fosse un lavoro che compenso potrei percepire? Quanto dovrebbe essere riconosciuto in termini economici a una moglie tradita che resta al fianco del marito consentendogli in tal modo di continuare a mantenere la doppia vita?

Credo nulla; per avere diritti devo trovare il coraggio di andarmene.

Ancora quella parola, coraggio, che io non ho. In fondo devo ammettere che a me piace essere moglie, è uno status sociale che mi dà serenità paradossalmente. Io non sono capace di stare sola, pensare a me stessa, tutte cose in cui lei eccelle.

Lei è lei. Io sono solo una moglie tradita. Dove vado? Cosa faccio? Sono queste le frasi che mi ripeto per giustificare la mia scelta; io non sono forte, non ho grande autostima, anzi, forse non ne ho. Eppure continuo a chiedermi perché lei non forza la mano? Perché accetta il ruolo di sola amante? Perché non aspira al ruolo di protagonista?

A ben riflettere lei è invero la protagonista indiscussa degli ultimi sei anni della mia vita. È sempre tra noi, lui la pensa sempre: lo vedo, lo intuisco.

Così più passavano i mesi più avevo la necessità, quasi il bisogno, di guardarla, di vedere le sue foto sui social. Ma dopo averla guardata stavo pure peggio: mai una foto mediocre, mai un outfit sbagliato. La verità è che lei ha capito benissimo che prendendosi lui sarebbe diventata come me.

Lascia che lo sia io, lascia a me i ruoli, lei prende solamente il piacere di vederlo poco, quando può, senza la fatica di un rapporto complesso e quotidiano. Non vuole essere tradita, vuole che lo sia solamente io.

Non vuole ridursi a fingere di dormire mentre lo sento rincasare facendo finta di non sentire un profumo diverso.

Anzi, sono convinta che recita quando, contrita, sostiene di sopportare gli aspetti spiacevoli del suo ruolo di amante: i compleanni, le feste, le ferie. Lei vuole essere l'amante. Perché sa di non fare l'amante: lei è amata. Lui la ama a modo suo, non sa stare senza di lei, ha bisogno di saperla sua per stare in questa casa con me, per passare il weekend con me, per aspettare il lunedì quando lei lo raggiunge lontano.

Adesso devo proprio alzarmi da questo letto troppo stretto per contenere tutto ciò di cui lui ha bisogno per non abbandonarmi. Troppo da accettare. Durissimo da sopportare.

Oggi magari avrò coraggio o forse domani, sì, domani mi sa che è un buon giorno per avere coraggio. O forse non l'avrò mai. Neppure per parlare di tutto ciò alle persone che mi vogliono bene.

Ecco, in fondo io ho coraggio. Il coraggio del silenzio; un prezzo troppo alto e che pago solo io.

VITTORIA

Io sono con te
in ogni maledetto istante
che ci vuole dividere
e non ci riesce

(Alda Merini)

Vittoria è madre di un figlio maschio diciottenne, figlio adorato per il quale sente profondo e concreto il compito di crescerlo come uomo buono e rispettoso, lontano da schemi di genere, ma, al contrario, nello spirito di libertà e uguaglianza che sempre lei stessa ha fatto suo.

Tommaso è un ragazzo fortunato, ha avuto esempi maschili virtuosi: i nonni, il padre, e molti altri. Per Tommaso, infatti, persino la violenza verbale è uno schema comportamentale ignoto.

Vittoria sa bene, tuttavia, come a volte i condizionamenti esterni possano minare gli insegnamenti trasmessi, così decide di scrivere un breve memorandum sulle basi dei rapporti interpersonali che possa accompagnare Tommaso nella sua vita affettiva.

Dovremmo tutti tenere bene a mente una assoluta verità: l'esempio vale più di mille parole.

E così sarà più facile un giorno essere uomo, se la vita l'avrà insegnata qualcuno che i propri gesti e il proprio modo di concepire la famiglia li ha riempiti di rispetto, e l'ha fatto proprio davanti a lui.

***

Quando ho sentito il tuo battito, Tommaso, ero emozionata, ci ero già passata due volte, avevo paura di crederci e di sperare che questa volta sarebbe stata differente.

Così ho aspettato sino alla quindicesima settimana per crederci.

Eppure tu avevi una voglia pazzesca di farti vedere dal mondo. A otto settimane avevo già la pancia di una donna incinta di quattro mesi. Un piccolo cocomero a punta. Una parte di me sapeva che stava andando tutto bene, ma avevo paura di sperare, o forse solo di essere felice.

Sapevo che eri maschio e che avevi i capelli rossi. Ogni sera, durante gli esercizi di meditazione, io ti immaginavo insieme a me in una piscina a nuotare: ti vedevo paffuto con i capelli rossi. E così è stato. Nel sogno io mi avvicinavo a te e tu mi salutavi con le tue manine per poi metterti a nuotare e avvicinarti di nuovo, io allora ti prendevo la mano e ridevamo tantissimo.

Sì, dentro di me sapevo che questa volta sarebbe andato tutto bene.

Poi sei nato. Un maschio. La gioia incontenibile dei nonni materni che avevano perso il figlio maschio, era come un destino beffardo che in qualche modo risistemava i tasselli. La mia gioia. Prorompente. Incontenibile. E subito mi è stato chiaro che avrei avuto cura di te. Di noi due. Insieme.

E il tempo passava. E diventavi un uomo. In tutti questi anni ho cercato di preservarti dal dolore del mio divorzio da tuo padre: credimi, non si poteva fare diversamente. L'amore incondizionato per te non poteva, ma soprattutto non doveva, significare il calpestio della mia dignità sotto i suoi piedi.

Ci sono decisioni dolorose che purtroppo prescindono da chi ci sta intorno, ma che si impongono come necessarie. Sentieri, a volte impervi, che solo successivamente alla loro fine svelano la dignità e la coerenza di chi li percorre.

Eppure qui, oggi, voglio mostrarti la mia parte di responsabilità nella tua crescita personale e affettiva.

Tu sarai l'uomo di un'altra o di un altro, ma sono io, tua madre, colei che deve insegnarti come si ama. E quando si parla d'amore non si può prescindere dal concetto più intimo dell'amore: la parola libertà.

La libertà è diritto, ma prima ancora un dovere verso sé stessi: ricorda che sei libero di scegliere come vivere la tua vita e ogni tua scelta avrà delle conseguenze sulle vite altrui. Non limitare dunque la libertà degli altri, comprendine il valore profondo, capisci che nella libertà molte persone trovano la propria espressione e non c'è nessuno al mondo che sarà mai completamente tuo.

Sei sempre stato sensibile, molto spesso intuisci i miei stati d'animo prima degli altri e allora mi vieni vicino e mi stringi forte, sai ascoltare le cose importanti e, anche se ti ribelli e ogni tanto tiri fuori tanta rabbia, nei momenti più difficili non ti tiri mai indietro.

Ed è per questo che oggi sento il bisogno di stilarti una sorta di memorandum sulla tua crescita affettiva, e lo farò usando singole parole.

Rispetta: tutti, ma soprattutto le donne, ricordati di tua sorella, di tua madre. Rispetta le volontà di una donna, la sua libertà, le sue esigenze, la sua storia, il suo passato e le sue aspirazioni. Rispetta le sue ambizioni. Rispettane gli spazi e i tempi. Considerala pari a te. Io ti ho trasmesso educazione e rispetto trattandoti in pari misura con tua sorella, con le parole e con l'esempio.

Ogni mamma è costantemente impegnata a insegnare ai figli qualcosa. Eppure, anche quando non lo facciamo consapevolmente, il nostro modo di vedere la realtà e il comportamento adottato con il nostro compagno – o nostro padre, o ancora gli amici e parenti maschi – trasmettono un messaggio che nel bene e nel male li condizionerà. Io spero di averti mostrato un esempio di rispetto, di dignità, di resilienza e di forza interiore. Devi fare tuoi questi principi perché sei cresciuto con loro, ogni giorno, ogni istante della tua vita.

Ascolta, sii disponibile e aperto, siamo esseri complessi e delicati, ma al contempo forti. Io ti ascolto da sempre. Forse non ti ricordi, ma quando eri piccolino e tornavi dalla scuola materna ci mettevamo per terra sul tappeto e tu mi raccontavi tutta la giornata, mimavi ogni singola scena con la tua faccina e mi guardavi con i tuoi occhietti furbi. Ecco, ti chiedo questo: mettiti su quel tappeto e ascoltala sempre, la farà sentire importante.

Parlale con amore. Parlale dell'amore. Perché io te l'ho insegnato; è dentro di te, nella tua spina dorsale. Renditi degno del grande dono che hai ricevuto, l'insegnamento dell'uguaglianza di genere. Questo ti deve accompagnare nello svolgersi quotidiano della tua vita: sul lavoro, nelle amicizie e nei rapporti affettivi. La certezza che noi donne siamo una risorsa pari a voi uomini e che il nostro contributo sia non meno dignitoso del vostro. Il femminile che ti ha circondato nella tua vita è ricco di dignità, resilienza e amorevolezza, fa' tuoi questi valori che con l'esempio ti ho mostrato.

Non ti sarà difficile crescere come uomo buono. Ma ancor di più non ti dimenticare di interagire con noi sempre con il rispetto verbale con cui io mi sono rivolta a te. Sai bene che non ho mai tollerato le offese di genere, ti dequalificherebbero e non sarebbero degne invero anche dei modelli maschili che ti sono stati accanto.

Devi essere un esempio per chiunque, uomo o donna, incontrerai sul tuo cammino, perché la tua vera ricchezza è ciò che è racchiuso nella tua mente e nelle emozioni che hai suscitato.

Per ultima cosa, non scordare che, in fondo, se le donne sono a volte un po' frivole è perché sono dotate di intelligenza a oltranza.

NORA

Così tenera è l'ora
ch'io mi trasmuto in taciturna grazia,
mite rosa

(Sibilla Aleramo)

Nora è la mamma di Jan, GianMario, e non tollererebbe se dovessi aggiungere la parola omosessuale. Per lei non ha senso alcuno che si disquisisca su chi ama suo figlio. Mi guarderebbe dritta negli occhi e mi direbbe: "Scusi ma sta aggiungendo qualcosa alla splendida persona che è Jan? Non credo sia possibile, quindi qualsiasi specificazione non ha senso alcuno!"

Nora vive ogni precisazione come una limitazione e in quanto tale una divisione, quindi uno stupido stereotipo. «Il nostro viaggio sulla terra riguarda la nostra relazione personale con Dio, non essere maschi o femmine, gay o etero, bianchi o neri. Siamo tutti figli di Dio» mi disse.

Le sue parole così schiette mi hanno fatto riflettere sul messaggio che il Nuovo Testamento ha lasciato al mondo: ama il prossimo tuo come te stesso. Non furono aggiunte specificazioni, categorie, divisioni, separazioni, sottoinsiemi. Chi siamo noi per farlo?

E del resto come si potrebbe non dare ragione a Nora quando dice convinta che a Lui davvero non importa chi si ami e quale declinazione della lingua italiana si debba usare per evocare il nome della persona amata.

Ma Nora è senza dubbio un'eccezione nel panorama sociale. Quasi tutti i genitori reagiscono come se il tetto stesse crollando loro addosso. È la reazione più diffusa, a volte provoca dolore misto a rabbia, perché quando si mettono al mondo i figli, li cresciamo immersi in stereotipi e li instradiamo in un percorso di vita predisposto a una affettività rigidamente eterosessuale. Per cui un figlio omosessuale viene visto come un'anormalità. Tuttavia, la stragrande maggioranza dei genitori riescono a superare, infine, lo sconcerto perché l'amore per il proprio figlio o figlia prevale su ogni altro sentire.

Ci si ritrova in una dimensione nuova, si accantonano scenari fino ad allora creduti possibili, si prende atto della nuova condizione, perché quasi tutti i genitori vogliono e desiderano per i propri figli e figlie la loro felicità. Dobbiamo essere felici che i nostri figli e figlie non abbiano voluto escluderci da una parte della loro vita così importante, e ringraziarli per questo.

Non era scontato, potevano tenerci all'oscuro e indossare la maschera, invece hanno avuto cura di entrambi – di sé stessi e dei loro genitori – e li hanno coinvolti in un percorso di accettazione.

Nora direbbe che è un nuovo viaggio che riguarda l'amore incondizionato e che richiede, come ogni viaggio, scarpe comode. A ognuno il suo cammino e il suo tempo per arrivare dove il cuore è già.

***

Ho dormito pochissimo, mi pervadeva una sensazione di dolcezza infinita che non riusciva a farmi addormentare. Tu, Jan, in piedi in cucina che mi guardi serio e mi dici: «Mamma, devo dirti una cosa importante e devo farlo ora, oppure non troverò mai più la forza».

E io ho smesso di girare la glassa al cioccolato per la torta che stavo preparando e mi sono messa sull'attenti pronta ad ascoltarti. E tu: «Sono gay. Lo sono da sempre e se adesso comincerai a dire che è colpa tua, colpa del destino che ci ha strappato papà o altre stupidaggini del genere, giuro che me ne andrò per sempre!»

Eri così serio che a stento mi sono trattenuta nel sorriderti e ho subito pensato a quando eri piccolo e ti chiudevi in camera, pronunciando a voce alta che quel giorno il mondo ce l'aveva con te, e che quindi preferivi stare con i tuoi pensieri, meditando sulla circostanza che il mondo non ti meritasse. Così preferivo continuare a girare la glassa al cioccolato. «Come vuoi amore, peccato che tu non voglia raccontarmi cosa è successo davanti a questa torta al cioccolato» dicevo, mentre tu scandivi lentamente le parole chiedendomi di non insistere, che quel giorno era meglio lasciarti tranquillo. Finivo di preparare la torta e ti informavo che avrei cominciato la lettura di un buon libro in attesa che ti riconciliassi con il mondo. Poco meno di dieci minuti e sentivo aprire la porta: «Mamma!» Quella parola voleva dire tutto, che eri pronto a raccontarmi cosa era successo e quale decisione avevi intenzione di prendere per riconciliarti con l'universo. E io sapevo che la parte più fantastica del nostro rapporto era proprio questa, la condivisione.

Abbiamo sempre condiviso tutto noi due, a volte anche con i silenzi, quando nessuno dei due aveva voglia di parlare ma preferivamo starcene seduti davanti alla televisione e guardare un film. E io aspettavo che scoppiassi a ridere o a piangere perché in quel preciso istante sapevo che stavi andando oltre.

E così ieri come allora, in piedi mentre mi raccontavi di te, io sentivo la stessa sensazione di condivisione di quando eri piccolo e faticavo a restare immobile e non abbracciarti forte.

Ti guardo, sei diventato grande ma hai gli occhi di quando eri il mio cucciolo, a forma di cuore, sei un uomo buono, forte e coraggioso. Ti sei costruito la tua vita e i tuoi interessi, le tue aspirazioni nella piena accettazione di quello che sei, scegliendoti amici anche diversi da te, ma con i quali hai creato rapporti veri e profondi.

Il tuo mondo affettivo, professionale, sociale è variegato e questo ha rafforzato la convinzione che sempre ti ho trasmesso, ovvero che siamo tutti uguali, che non serve specificare le proprie scelte di vita per essere accettati. Anzi, queste ultime invero non hanno alcuna rilevanza nella costruzione psichica ed emotiva di una persona.

Amore, in ognuna delle sfaccettature possibili, è sinonimo di accettazione che necessariamente non passa per una specificazione. Se si sente il bisogno di dover specificare, o peggio giustificare, le proprie scelte di vita siamo nel posto sbagliato e con la persona sbagliata.

A me non è mai importato chi amassi, ma solo che fossi felice. E tu indubbiamente lo sei sempre stato. Sei cresciuto nella convinzione che l'amore vince su tutto. Non è mai stato aggiunto altro, non ti è stato chiesto di aggiungere altro a questo insegnamento.

Sei stato un bambino fortunato, sei stato allevato da persone buone, un tempo si sarebbe detto per bene, tuo padre, tuo nonno, le nonne, le zie ed io. Ti è stato donato tanto amore e tu giustamente l'hai fatto tuo e l'hai riversato su chi hai ritenuto degno e meritevole.

Un Uomo giusto e buono disse molto tempo fa: "Vi do un comandamento nuovo: che vi amiate gli uni gli altri; come io vi ho amato, così amatevi anche voi gli uni gli altri"[1]. Quell'Uomo non ha aggiunto altro. Chi siamo noi per farlo. E se non importa a Lui chi il mio Jan decide di amare, perché dovrebbe importare qualcosa a chiunque altro? Persino a me?

A me, infatti, nulla importa e tu sei esattamente la creatura meravigliosa che ho desiderato che fossi mentre ti guardavo con il mestolo sporco di glassa. Sei sempre stato la gioia di tutti noi, pieno di amore e schiettezza, sapevi guardare il mondo che ti circondava con lealtà, senza bisogno di schemi e limitazioni. Sei stato lasciato libero di intraprendere il tuo cammino nella consapevolezza che solo tu dovevi percorrerlo e nessun altro al posto tuo.

---

1 Giovanni 13, 34-35.

E io sono orgogliosa e fiera del mio adorato figlio, che ha compreso il valore del viaggio che abbiamo fatto insieme da quando papà ci ha lasciati. Il mio bambino che al dolore ha risposto con la gratitudine e si è preso cura di lui e di tutte noi con caparbietà, donandoci il suo amore e i suoi occhi sul mondo, sinceri e scevri di ipocrisia e mestizia borghese.

«Mamma! Mi stai ascoltando?»

«Sì, Jan, ti ho ascoltato e per me non è cambiato nulla rispetto a un minuto prima». Ti ho guardato e ti ho abbracciato.

«Vuoi finire la glassa? Sai cosa penso Jan? Penso che sia sopravvalutata la panna montata sulla mia torta al cioccolato, non trovi? Hai già chiamato la nonna e le zie per informarle? Saranno felici di saperlo o forse ti ringrazieranno semplicemente di averle rese partecipi di una parte così importante della tua vita».

E mentre io non ho resistito e ti ho abbracciato a lungo in silenzio, piena di commozione, tu mi hai sussurrato: «Sì mamma, decisamente la panna montata è sopravvalutata sulla tua torta di cioccolato. Ho chiamato ieri le nonne e mi hanno detto le tue stesse cose».

Ti passo il cucchiaio pieno di glassa e ci sorridiamo perché oggi inizia il nostro nuovo viaggio.

CHIARA

Bisogna imparare ad amarsi in questa vita
Bisogna imparare a lasciarsi quando è finita
[...]
A perdonarsi
Giorno per giorno
Senza sapere
Cosa mi aspetta
Ma voglio vedere

(Ornella Vanoni)

Chiara è una donna priva di ipocrisie, trasparente come il suo nome.

Un matrimonio, due figli e sin da subito il tradimento, la solitudine, le difficoltà a tenere unito tutto con l'unico obiettivo di proteggere i bambini in tenera età. Ascoltandola, Chiara pronuncia tante volte questa frase: «Che dovevo fare se non occuparmi di loro e di me con dignità, con tutte le risorse che avevo?»

E così nell'occuparsi di loro e di sé il tempo passava, Chiara cresce e completa la sua maturazione affettiva.

Supera brillantemente concorsi pubblici, scrive numerosi libri su materie giuridiche complesse, emette migliaia di sentenze in dieci anni. E infine si innamora. Perdutamente.

La cura di sé ha portato i suoi frutti. Ora Chiara guarda l'orizzonte limpido che le appare davanti, il sole la illumina e lei vede chiaramente il futuro che non vuole più avere.

Chiara sente dentro di sé la necessità di ricominciare, così decide di chiudere definitivamente con il passato.

Ci sono porte che vanno chiuse. Non per una questione di orgoglio, incapacità o arroganza ma semplicemente perché non conducono più da nessuna parte. Il buio va chiuso dietro di loro per poi, come Chiara, sedersi su un taxi e godersi il sole che ci scalderà il viso.

Alla fine il sole arriva sempre.

***

Questa mattina il profumo di lillà della mamma mi ha svegliata. La leggera brezza dalla finestra sposta le tende, gioca con la luce sul mio viso e mi inebria con la fragranza dei fiori. Me li ha regalarti la mamma, che io chiamo con il suo nome quando parlo di lei in terza persona: la Maria.

Ieri mi ha chiamata tutto il giorno; era nervosa per me, o forse emozionata anche lei per questa fine che è anche un inizio. La raggiungerò nella casa al mare per qualche giorno: «Chiara, vieni qui, tutti ti aspettano, hanno tutti voglia di vederti». Un paio di giorni come figlia mi saranno utili.

Oggi è infatti un giorno importante, non tanto per quello che sarà, ma perché non voglio che sia un giorno triste.

No. Assolutamente. Oggi è il mio giorno. Direi che potremmo definirlo il giorno del mio secondo compleanno. Decisamente sono una donna fortunata, sono nata due volte e posso decidere quale delle due date festeggiare.

E poiché è il giorno del mio secondo compleanno voglio essere indimenticabile. Ieri sera ho preparato con cura gli abiti e gli accessori per oggi. Non volevo lasciare nulla al caso. Abito sartoriale verde brillante e sandali con listino alla caviglia neri. Del resto è noto che la festeggiata voglia essere al centro dell'attenzione.

È presto ma voglio prendermela con calma. E così, mentre sorseggio il mio infuso di tè bianco, penso a quanto sia stato duro arrivare dove sono ora. Mi sono camminata a fianco per dodici anni tenendomi per mano, è stato difficile non cedere all'egoismo e al livore.

La verità è che io per carattere non riesco proprio a vedere il bicchiere mezzo vuoto, devo sempre trovare un aspetto positivo, un elemento da salvare su cui ricostruire la mia vita e andare avanti.

Come direbbe la Maria: "Chiara non si dà mai per vinta". E io risponderei: "Maria scusami, vinta da chi? E da cosa? Da un uomo meschino che ha deciso di tradirmi da sempre e da subito? Non l'avrei mai permesso. Non si soccombe di fronte al nulla e lui lo è stato, il nulla sopravvissuto solo per mia concessione benevola".

Non si commetta infatti l'errore di scambiare la mia forza per un atto di viltà e di debolezza. Io ho portato e celato nel profondo del mio cuore questa enorme disperazione per ben dodici anni solamente nella convinzione assoluta che fosse la scelta. Non una delle possibili scelte, bensì appunto la scelta.

La vita a volte chiede fortitudine e fermezza; pochi rispondono al suo appello, e ancora meno sono coloro che comprendono appieno il grande sacrificio che essa impone.

Avrei potuto urlare, litigare, ogni volta che partiva per dei giorni con lei, ma non avrei ottenuto nulla e non sarebbe cambiato niente. Avrei solamente trasformato la vita dei miei figli in un campo di battaglia.

Avevo due figli a cui badare e me stessa da curare; non potevo badare anche a lui. A quel punto era meglio che fosse lontano da noi. Dividere lo spazio quotidiano con un uomo che vuole solo essere altrove è a mio parere ancor più svilente del tradimento in sé.

Quello che non ho mai voluto per me era proprio questo: lo sguardo assente, lontano, se non infastidito di chi resta solo perché non ha il coraggio di andarsene. E così preferivo io stessa preparare la valigia per il weekend. Assicurarmi che se ne sarebbe andato lontano, da me.

E mentre accadeva tutto ciò, io incredibilmente mi rafforzavo, prendevo forza dal suo tradirmi. Anzi, più lui perseverava nel tradimento e nel calpestare le promesse nuziali, più io acquistavo maggiore consapevolezza delle mie risorse: superavo brillantemente concorsi pubblici, mi insediavo nelle funzioni giudiziarie, scrivevo una monografia dietro l'altra, le mie sentenze venivano pubblicate. Incessantemente, incredibilmente, mentre intorno era tutto sospeso in un tempo infinito e opprimente, io mi prendevo cura di me.

E così un giorno il mio cuore ha sentito il desiderio di venire a cercarti. E di arrendersi al tuo sorriso. Perché mi piaceva l'idea che avessi anche tu cura di me.

E così è stato. Ho imparato ad avere cura di me anche attraverso i tuoi baci e le tue carezze. E oggi, nel giorno del mio secondo compleanno, tu non ti sei dimenticato di avere cura di me.

Il tuo messaggio semplice e schietto racchiude pienamente il nostro legame: "Mia". Così mi hai scritto questa mattina. Un senso di appartenenza mi ha attraversato come un leggero vento di primavera a cui mi abbandono mentre sorseggio il mio infuso e non vedo l'ora di nascere una seconda volta.

Una stupenda sensazione di forza mi pervade mentre mi vesto e mi preparo con cura. Ho prenotato un taxi, voglio godermi il tragitto sino in tribunale, assaporarmi la mia città e fingere di ascoltare le parole del tassista.

Sento solo il rumore della strada mentre ripenso a tutti questi anni dolorosi, interminabili, soli, bui. E ancora una volta sono fiera di me.

I miei figli sono rimasti indenni; ho fatto uno straordinario lavoro su me stessa per essere una buona madre. Nessuno di loro è stato usato o, ancora peggio, trasformato in una sentinella per il padre. Ho insegnato loro ad affrontare la vita con entusiasmo e senso di responsabilità. A volte non sempre le cose vanno come vorremmo, ma di sicuro in ogni cammino dobbiamo dare il meglio di noi.

E io l'ho fatto, ho dato il meglio di me. E loro sono il meglio di me. Ognuno è cresciuto con i propri talenti e ha usato le sue risorse. Ho visto i danni di madri tradite che si riempiono di livore e stipulano un patto d'acciaio funesto con i figli a discapito del coniuge traditore. Figli che rifiutano di vivere la loro vita perché troppo impegnati a controllare quella del genitore; insicuri, disadattati e incapaci di affrontare qualunque situazione si prospetti loro.

I miei figli sono cresciuti ignari, tutelati dalla mia straordinaria forza interiore. La cura di me è stata cura di loro.

E oggi, su questo taxi, mentre la brezza di primavera inoltrata mi scompiglia i capelli e gli occhi diventano lucidi, sento prorompente dentro di me la consapevolezza che si può incespicare su un uomo, ma non su tutto il resto. Dobbiamo avere forza e rettitudine perché non possiamo, non dobbiamo disperderci dietro a ciò che riteniamo, a torto, strumento di felicità e che invece ci allontana da noi, dai nostri sogni e dalle nostre aspirazioni. Dobbiamo capire che noi siamo il nostro strumento.

E mentre salgo i gradini del palazzo di giustizia e lo vedo in cima alle scale che mi saluta, invitandomi ad affrettare il passo per recarci all'udienza di divorzio, comprendo che io invero non ho permesso al nulla di farmi incespicare perché ho imparato ad avere cura di me, mentre lui si è semplicemente accodato alla mia ombra.

Squilla il telefono, i miei figli mi scrivono: "Mamma, ti vogliamo bene".

Buon secondo compleanno, Chiara.

MIA, ELSA E LISA

Se io potrò impedire
a un cuore di spezzarsi
non avrò vissuto invano

(Emily Dickinson)

Una colazione veloce. Tra amiche di lunga data. Oggi cinquantenni. L'occasione per riflettere sull'ironia femminile come cura di sé nei momenti più difficili.

Tre amiche. Una complicità assoluta tra amori, dolori, follie, confidenze, avventure, battibecchi di donne complici di vita, che non hanno molto tempo, ma che adorano perderlo insieme.

Un racconto senza ipocrisie su noi donne, le nostre fissazioni, le manie, le bugie che ci raccontiamo, i bocconi amari che ci ostiniamo a ingoiare. Una dolcissima ironia accompagna i loro gesti come a dirsi: "In fondo, se ci teniamo tutte per mano, sarà più facile riderci su". E del resto cos'è l'ironia se non una dichiarazione di dignità? L'affermazione della superiorità dell'essere umano su tutto quanto gli capita.

E vi assicuro che sorridendo di noi stesse e delle nostre paure ci si sente libere e leggere, e si abbattono i chili di troppo, la menopausa, i tradimenti, i mariti, le crisi e le suocere.

E l'ironia non viaggia mai da sola; si porta con sé gusto, intelligenza, humor, personalità, senso della misura, conoscenza, cura, forza. L'ironia come arma che combatte e vince sulla tristezza, che aiuta a sopravvivere, in altre parole che insegna la cura di sé.

Mia, Elsa, Lisa. Romantica la prima, appassionata dell'indipendenza emotiva ed economica la seconda, reduce da un divorzio non facile la terza.

La loro amicizia profonda le accompagna nello svolgersi della vita quotidiana. Un sodalizio femminile che non le abbandona mai.

E non è forse questo che dobbiamo recuperare per avere cura di noi?

***

«Ne parliamo a colazione. All'una e mezzo a casa tua».

Quando Elsa termina la telefonata in modo così categorico e lapidario è perché una di noi tre ha effettuato un "abbassamento della linea della dignità non tollerabile", per usare la sua espressione.

E infatti, di lì a poco, mi scrive un messaggio Lisa: "Cosa abbiamo fatto Mia?" e io rido con lei, cercando di rassicurarla. Lisa si trova in quel momento difficile che attraversano tante donne: separata, si prepara a un divorzio difficile. Ripete continuamente che nella sua vita sentimentale non ci sono novità e che vuole solo raggomitolarsi su sé stessa per nascondersi quanto più possibile al resto del mondo. Elsa le impedisce di vivere in tuta, cosa che Lisa farebbe volentieri, e la sprona a mantenere in perfetto stato il suo aspetto esteriore. Lisa del resto è sempre stata la più fashion tra noi tre, ha sempre indossato capi costosi, all'ultima moda, a volte addirittura personalizzati. È un peccato vederla in questa fase di totale abbruttimento.

Il tradimento del marito Luca l'ha ferita molto, non se l'aspettava ed era impreparata al dolore. La sua vita si svolgeva con tempi scanditi da sempre in una quotidiana certezza: aveva abbandonato ogni sua aspirazione nel campo della moda per aiutare il marito nell'azienda di famiglia. Si era rimboccata le maniche sino alle spalle; l'aveva fatta crescere e aveva assicurato un grande benessere ai due figli senza mai tirarsi indietro, tutti i giorni senza sosta, festivi compresi.

Quando ha scoperto la relazione del marito ne è rimasta sconvolta, si è sentita tradita ben oltre il senso coniugale del termine. Ha sentito di essersi tradita lei per prima, di aver tradito i suoi desideri e i suoi progetti per realizzare sogni non suoi.

E ora tutta questa fatica e lavoro si sono trasformati nella disperata e amara consapevolezza di essere stata solo uno strumento per scopi altrui. Fatica ad accettarlo, lo percepisco quanto stiamo insieme, è ferita, lo si legge nello sguardo a volte assente, lontano.

Vorrebbe riuscire ad andare oltre ed è di poca utilità che io cerchi di spiegarle che tutto ha il suo tempo, che deve mostrare più indulgenza verso sé stessa. Anche queste parole necessitano di tempi lunghi per essere comprese e accettate. Ora è davvero troppo presto.

Su questo aspetto temporale persino Elsa conviene con me. Lei, la più cinica di noi tre, non si è mai voluta legare davvero a nessuno – eccezion fatta per il suo gatto e Karl Lagerfeld. È uno spirito libero, non ama essere invischiata in relazioni “gné gné”, anche se sospetto che sia alla ricerca dell'amore assoluto. Tuttavia, Elsa non è in alcun modo disposta ad ammettere questa possibilità, o almeno a prenderla in considerazione, pena il blocco del mio numero di telefono, la radiazione a vita dal cerchio della fiducia e altre sciocchezze di questo genere.

Elsa è la più iconica di noi tre; ha un'eleganza e una classe innate. Porta capelli corti alla garçonne, pochi gioielli, ma importanti, e tutti riproducenti le creazioni di Elsa Peretti, la nota designer di cui la madre di Elsa era una profonda ammiratrice – e in onore della quale porta il nome.

Ha una personalità eclettica e un carattere granitico, indossa sempre iconici occhiali neri e cura tantissimo sia il corpo che la mente. Ha quarantanove anni ma ne dimostra a fatica quaranta, e ha uno stuolo di giovani quarantenni ai suoi piedi.

Ogni tanto dovremmo chiederci se non sia il caso per noi tutte di rivedere e applicare in modo ossessivo la regola di Elsa: in amore vince chi fugge. Perché Elsa fugge da tutto per non tradire sé stessa, intollerante a qualsiasi legame che comprenda una telefonata giornaliera, un messaggio ogni ventiquattro ore, ecc. Eppure, questa volontà intransigente di restare staccata da tutto ovviamente non vale per noi. Puoi chiamarla anche a notte fonda, Elsa risponde, prende un taxi e arriva per mettere sul fuoco una tisana e ascoltarti per ore piangere per un "ominide insignificante" – sempre sue parole – finché non esplode in una battuta sarcastica che ti fa scoppiare a ridere.

E poi ci sono io, Mia, che ho messo a dura prova l'amicizia ventennale con Elsa: «Devo davvero sforzarmi e trattenermi quando ti ascolto perché proprio non mi capacito di come una donna del tuo calibro, scrittrice, designer, poliedrica, piena di sfaccettature e decisamente bella si perda dietro a una miseria come lui».

Eccolo qua, l'innominato e innominabile. Il mio lui, sposato da innumerevoli anni, molto prima della mia conoscenza, tradisce la moglie, alla quale resta comunque legato – o forse è lei che lo riprende ogni volta? – ma io ne sono comunque, a mio modo, innamorata. A questo punto Elsa è solita dire: «Non innamorata, ma impallata! Tu ti sei impallata come i tasti del cellulare che non funzionano!»

In un certo senso ha ragione, sono perfettamente consapevole che come un bambino capriccioso tendo sempre a giustificarlo.

E così torniamo al pranzo di oggi. Dobbiamo festeggiare l'uscita del mio nuovo libro. O forse abbiamo solo voglia di ridere insieme di noi stesse, dei nostri errori e raccontarci i nostri progetti.

Le nostre colazioni hanno un codice comportamentale molto rigido introdotto da me, supportato da Lisa e infine accettato da Elsa. Io metto la casa, i fiori e il piatto di portata, Elsa il vino – sempre bianco, frizzante – e Lisa il dolce. Questo ordine viene rigorosamente rispettato perché io e Lisa adoriamo le torte ricoperte di glassa come nei cartoni animati. Ed io invero ho proprio la sindrome da principessa! Adoro indossare vestiti romantici, guardare film strappalacrime e credo ancora strenuamente nel grande amore. In altre parole, direbbe Elsa, sono "predestinata a soffrire".

Una e mezzo. Puntuali, siamo qui intorno alla mia tavola con tanta voglia di goderci il nostro legame.

«Mia, il tuo libro sarà un enorme successo, lo sai» Elsa ha sin da subito interpretato il mio libro come la fine della storia con lui, un *legal thriller* in cui la protagonista si vendica del tradimento dell'amato inscenando con cura un omicidio per intrappolarlo in una vicenda torbida da cui non potrà uscire indenne. Non a caso il protagonista maschile del mio libro si chiama "Lui". E in effetti, a ben riflettere, ciò di cui ho inscenato la morte nel libro è l'ipocrisia di voler perseguire una vita surreale, assolutamente lontana dalla realtà. Quel suo vivere dentro a una bolla di totale finzione e ipocrisia nel continuo ripetersi di avere una vita perfetta, un matrimonio perfetto, ecc. Al contempo anche il mio inutile tentativo di continuare a preservare un rapporto che è svuotato di tutto.

Lui è infatti perfettamente in grado di alzarsi dal mio letto, rivestirsi e, come se non esistessi, come se nulla fosse successo, precipitarsi a mangiare l'arrosto precotto e il tiramisù. Tutto questo ha del patologico e se io sono riuscita a restare fermamente piantata su me stessa, forse in questo Elsa ha ragione, è per un solo e unico motivo: sono certamente migliore.

Del resto frequentare un uomo sposato in modo discreto e silenzioso non è certamente facile e impone una solidità caratteriale non da poco.

Eppure potrà sembrare paradossale a molte, ma io vivo come una benedizione il suo stato coniugale: se infatti devo decidere quale ruolo ricoprire nella sua vita, senza esitazione alcuna rispondo quella di amante e mai di moglie. È di gran lunga preferibile la mia condizione: so sempre esattamente con chi sia e dove sia e soprattutto non devo sopportarlo quotidianamente.

Io non sono la sua fatica, ma la sua scelta. Certo, ho senza dubbio aspetti spiacevoli da tollerare, ma tutto sommato digeribili.

Queste argomentazioni, apparentemente munite di una certa logica, tuttavia sembrano cedere di fronte alle incalzanti domande di Elsa e Lisa sull'uscita del mio libro.

«Se hai scritto questo libro probabilmente sei stanca di lui e non vuoi ammettere che questa relazione ti stia pesando» se ne esce Lisa.

Elsa mi guarda e giura che è tutta farina del sacco di Lisa, aggiunge solo con sospiri laconici: «Tesoro, vuoi per un momento ammettere con noi che ne hai piene le scatole di lui? Ti facilito la risposta: io ne ho piene le scatole di sentirne parlare!»

Forse è così.

«Sapete, ragazze, cosa non sopporto più?»

«Vai, ti approvo» urla Elsa.

«Ecco, non tollero più la frase: 'Vengo, ma ho

poco tempo'. Non la sopporto più. Quando la pronuncia avrei solo voglia di urlare, tirare fuori tutto quello che ho dentro e che mi impedisce di respirare. Non riesco neppure a sopportare il sibilo della sua voce quando pronuncia quelle parole: significano sesso velocissimo, rivestimento fulmineo, bacio di striscio e qualche giorno senza vederci. Piuttosto non presentarti! Non fare uno sforzo per me! Io voglio essere il tuo piacere, ci vedremo quando potremo!»

«Eh no, Mia! Lui ha pulsioni e quindi deve soddisfarle! Di questo ha bisogno» esplode Elsa, mentre Lisa si muove frenetica in un'alzata di braccia, grida entusiastiche e applausi da stadio.

Subito Lisa si ricompone con voce ferma: «No, ti sbagli Elsa; Lui tiene a Mia a suo modo, ma ci tiene troppo poco questo è il vero problema. Ed è dequalificante stare vicino a un uomo per il quale vali pressoché nulla. Io lo so bene. Di questo Mia è stanca, vero cara?»

«Sì, sono stanca di non valere mai abbastanza; ma soprattutto quando ha deciso – e rispetto poi a quale modello femminile di paragone! – che io valgo quasi nulla! È già tutto molto difficile e complicato per me e anche per lui, mi chiedo perché non riesca a vivermi con quella serenità che meritiamo entrambi. Io così arranco e fatico ad avere ancora desiderio di stare con una persona che è sempre scorbutica, nevrastenica, insofferente. Io non sono la causa dei suoi problemi, io sono l'effetto! E tutto ciò nonostante nel mio cuore io senta ancora forti sentimenti per lui. Non sono stata un'avventuretta fuggevole e dimenticata, ci sono stata per tanti, molti anni nonostante le sue trimestrali uscite di scena con idiote frasi: 'Senza di te potrei essere un marito migliore, non riesco a lasciarti, basta con qualcosa che conta così tanto'».

«Sì, decisamente abbiamo da festeggiare oggi; la mia amica sta cominciando a liberarsi di lui» grida Elsa.

Scoppiamo tutte a ridere, ci abbracciamo e siamo emozionate, perché ci unisce una profonda sorellanza che ci aiuta e ci sostiene nelle notti più cupe, mentre aspettiamo che il sole sorga con una nuova alba.

E ora Lisa taglia la torta, Elsa apre lo spumante e io prendo i bicchieri mentre sulla tavola lasciamo aperto il mio libro. Ne leggeremo a turno dei passi e festeggeremo il mio rimettermi al centro della vita.

E brindiamo a me. Che ho avuto la forza di avere cura di me stessa con tutto il tempo di cui ho avuto bisogno.

LELLA

C'è un posto nel mondo
dove il cuore batte forte,
dove rimani senza fiato,
per quanta emozione provi,
dove il tempo si ferma
e non hai più l'età

(Alda Merini)

In questo racconto, Lella rievoca gli ultimi istanti di vita della madre in occasione della visita alla casa di campagna di quest'ultima dopo mesi dalla sua scomparsa.

Lella ha accudito la madre sino all'ultimo, una scomparsa lenta e inesorabile che ha consentito alle due donne di riscoprirsi in una dimensione di dolcezza quasi dimenticata.

La madre, nelle ultime settimane di vita, vede pochissimo e ogni volta che Lella le parla lei crede che abbia ancora otto anni; le racconta favole, le accarezza i capelli e il viso mentre con grande fatica cerca di sollevarsi dal letto.

Le chiede di avvicinare la fronte per baciarla di continuo, le stringe le mani e si preoccupa dicendole «Hai lavato le manine dopo aver giocato in giardino? Hai fatto la merendina? Ti ho lasciato pane e biscotti».

Lella non è abituata, resta quasi attonita di fronte a un atteggiamento così amorevole da parte della madre. Non aveva mai coltivato profondamente il suo rapporto con lei, e invero non aveva neppure interesse nel farlo. Pochi messaggi laconici, quasi comunicazioni di servizio tra le due donne, in una sorta di freddo rispetto dei ruoli.

Nel prendersi cura della madre ormai morente la figlia scopre una donna capace di straordinaria affettività, a cui lei stessa decide di abbandonarsi quasi a recuperare tutto il tempo perduto. Lella si rende conto di desiderare senza sosta la carezza delle mani piegate dalla vecchiaia e dalla malattia sui suoi capelli. Anzi, Lella scopre di averne assoluto bisogno e soffre al pensiero che siano arrivate così tardi e per poco tempo.

Quando la madre la lascia, Lella decide che è giunto il momento di conoscerla, di ripercorrere la sua vita, i suoi sogni e progetti. E in questo viaggio Lella riscopre una dolce compassione di sé, dei suoi errori, un miglioramento personale attraverso una accresciuta accettazione e un atteggiamento positivo di fronte ai rimpianti.

Attraverso una foto, Lella acquista consapevolezza di essere stata parte di un grande rinnovamento che è la sorellanza. E in questo comprende il ruolo fondamentale del padre, attraverso non solo l'amore, ma anche il rispetto e la dignità con cui ha profondamente amato la madre.

E così Lella comprende quanto ci si debba amare per essere amate, quanto dobbiamo prenderci cura di noi stesse, le une delle altre in una sorellanza che è come un paracadute per le difficoltà e i dispiaceri, ma anche per affrontare nuove sfide oppure, semplicemente, la vita stessa.

***

Te ne sei andata mentre io non ero lì vicino a te. Il tempo di prenderti l'acqua fresca. Mi hai chiesto di mettertela nella caraffa sul comodino; mi sono alzata e quando sono tornata mi avevi lasciata. Hai avuto cura di me anche nell'ultimo tuo respiro, non hai voluto che ti vedessi morire.

Ti ho tenuto la mano finché non l'ho sentita fredda, volevo che il tuo calore mi attraversasse la pelle e non mi abbandonasse. Poi le zie e le altre persone si sono prese cura di te e io ho dovuto alzarmi da quel letto, lasciare quella stanza.

Ho chiuso tutte le porte e le finestre e me ne sono andata. Mi attraversava un profondo senso di solitudine e tornare in quella casa era davvero doloroso. Ho lasciato che il tempo avesse cura di me perché io non ero proprio in grado di farlo, e lui lo ha fatto con il suo scorrere lento e inesorabile per ben quattro mesi. Così ora sono qui, davanti a questo cancello in ferro battuto con raffigurati i nostri segni zodiacali, mio, tuo e di papà: scorpione, bilancia e pesci. Ricordo perfettamente che era stata una tua idea, ma allora probabilmente non diedi il giusto peso al suo significato e valore. Era un po' come custodire tutti noi dentro ripari affettivi solidi e concreti, appunto di ferro.

Ecco, l'ho aperto, cigola forte, del resto anche il mio cuore farebbe lo stesso rumore se riuscisse ad aprirsi. Non so cosa sono venuta a cercare, sono state le zie a dirmi di venire a vedere la casa, come se racchiudesse ancora qualcosa, come se dovessi appurare che stesse bene e fosse in salute. È tutto rimasto come prima, solo meno curato… ovvero abbandonato. I tuoi gerani, tuttavia, ci sono ancora, come a dimostrarmi che forse mi sbagliavo: qualcosa in questo luogo che resiste al tempo c'è. Mi faccio forza ed entro in casa, spalanco le finestre e subito una luce immensa e calda mi attraversa, e con me tutta la stanza.

Gli oggetti di sempre ora mi sembrano diversi, li guardo li accarezzo come se li vedessi per la prima volta, ma non mi basta. Mi manchi così tanto, mamma, mi aspetto di sentirti entrare nella stanza e chiedermi se voglio mangiare qualcosa. Così apro i cassetti e le antine della libreria come se ti cercassi. Ho deciso mi prendo tutte le fotografie di noi tre, voglio farne un quadro e senza dubbio farò un ingrandimento della foto che ti ha scattato papà, giovanissima, al Camparino in Galleria Vittorio Emanuele a Milano.

Eri seduta a un tavolo con altre due amiche e papà è riuscito a riprendere il tuo bellissimo sorriso in uno scatto memorabile. Eri bellissima in quella foto e molto alla moda: minigonna in *pied de poule* bianca e nera, mocassini a punta quadrata neri con fibbia a morsetto e tacco quadrato, borsa coordinata e dolcevita nero a maniche corte. I capelli erano cotonati e fermati dietro a un cerchietto nero grande in velluto e portavi occhiali neri grandi. Stupenda la mia mamma, così divinamente moderna e attuale, come le tue amiche ritratte in quella foto. Eravate tutte e tre perfette, piene di fascino.

Nella foto sorridete e tu inclini il viso verso papà che sta scattando la foto. È una foto piena del vostro amore, della vostra complicità, non posso lasciarla in questo cassetto della libreria, merita di essere vista e ammirata. Non solo, la foto mostra evidente il patto sociale, etico ed emotivo che vi univa. Traspare in modo chiaro, netto, la forte alleanza tra voi, basata sul valore come gruppo, con l'intenzione di essere parte del cambiamento sociale che in quegli anni stava accadendo.

Sono sempre stata affascinata dall'empatia e sensibilità che vi univa. Vi guardavo quando vi ritrovavate in casa nostra: l'eleganza raffinata e disinvolta era una vostra attitudine. Si percepiva chiaramente il forte rapporto che vi legava, in grado di durare nel tempo; il piacere di sentirsi sempre capite e protette le une dalle altre, quasi come una sorta di paracadute per le delusioni e i dispiaceri che la vita non vi ha risparmiato.

E mi domando se forse proprio questo paracadute sia mancato nella mia vita, e se questo senso di solitudine profonda che sento non sia dovuto solo alla tua scomparsa, ma soprattutto al non far parte più di quel manifesto vivente di cambiamento che eravate voi tre, quel vincolo di affetto che vi univa fortissimo, come se aveste avuto la stessa origine, la stessa comunanza di condizioni, esperienze e aspirazioni.

In quella foto io vedo chiaramente non solo il vostro reciproco accordo di sostegno, l'essere lì ognuna per le altre, sempre e comunque, ma soprattutto percepisco fortissimo il rapporto di assoluta stima e complicità che avevate tu e papà. Nel ritrarti in quella foto ti ha reso l'omaggio più grande: voler fermare il tempo in uno scatto che svelasse la vostra comunanza di valori e principi, quali la parità di genere. Nel ritrarti con quanto rappresentava certamente il rapporto di solidarietà ed empatia più forte della tua vita, ha dato lui stesso dignità alla vostra sorellanza femminile, e per il suo tramite all'assoluta parità di voi tutti.

Questa foto è dunque la dichiarazione d'amore più risoluta e coraggiosa che papà avrebbe potuto farti. E ora, mentre sorseggio l'ultima bustina di te al gelsomino che ho trovato in cucina, comprendo che sono stata resa parte di una storia d'amore tenace e meravigliosa, che mi ha reso la persona che sono e mi ha dato resilienza e consapevolezza del mio valore.

«Zia? Sì, la casa è in ordine. Mi fermo qualche giorno, non ti preoccupare». Voglio respirare questo amore pieno di rispetto e dignità per un po', quasi a farlo entrare nelle mie ossa affinché non mi faccia più sentire sola.

ANNA

E se nella gente destassi spavento,
o solo avversione,
o solo pietà?
[...]
Potevo essere me stessa – ma senza stupore,
e ciò vorrebbe dire
qualcuno di totalmente diverso

(Wislawa Szymborska)

Anna, diciassette anni, ha deciso di sottoporsi a un intervento di riassegnazione genitale, un intervento delicato che necessita di un percorso pre e postoperatorio sia fisico che mentale. Ci si sottopone a questa operazione per riaffermare l'identità fisico-psicologica che si sente più adatta al proprio Io, andando a modificare gli attributi sessuali.

Per Anna questo percorso non è la fine, ma l'inizio di un viaggio iniziato quando a quindici anni, in una lettera, rivelava alla famiglia di sentirsi da sempre una femmina. Fa parte di una nuova generazione di persone trans che non ha avuto bisogno di aspettare l'età adulta per fare qualcosa riguardo la propria condizione e, grazie al sostegno della famiglia, ha potuto avere una qualità di vita e un benessere psicologico un tempo impensabili.

Io la conobbi in occasione della pronuncia del tribunale per la modifica dei documenti e l'autorizzazione a sottoporsi agli interventi chirurgici necessari.

Anna vuole prendersi cura di sé e sentirsi a proprio agio con il suo corpo. Infatti, l'organo maschile la faceva soffrire, era qualcosa che non sentiva le appartenesse. Anna ha deciso di inseguire la verità, nonostante il dolore, il disagio, la paura e le difficoltà della transizione.

Il messaggio di Anna è deflagrante, riguarda la capacità delle persone di accettare l'altro, un'accettazione che non passa tanto attraverso la comprensione, quanto attraverso il rispetto. Non tutto è comprensibile. Là dove non arriva la comprensione deve arrivare il rispetto dell'esperienza.

Ognuno di noi affronta un viaggio pazzesco, unico nel suo genere, che va vissuto pienamente perché la vita è una, e la possibilità di avere delle schegge di altre vite credo che sia un valore da non sottovalutare.

Non sfugge certamente che in queste vicende la condanna e il rifiuto della società sono sempre dietro l'angolo. C'è un solo termine per definire chi è contro la naturale evoluzione della società: transfobia.

L'intolleranza distingue tra ciò che invece deve essere riassunto in un solo modo: genere umano.

***

La consapevolezza ce l'ho avuta da sempre: almeno da quando avevo cinque anni.

Ogni volta che qualcuno mi diceva di esprimere un desiderio, chiedevo di essere femmina, ma non credevo che fosse possibile. Non mi infastidiva tanto il fatto che da bambina non mi riconoscessi nel mio corpo di maschietto, quanto il vedere come mi trattavano le persone: si rivolgevano a me con il maschile e io non capivo perché.

Quando ero più piccola, mi ero perfino convinta che si trattasse di un esperimento alieno: qualcuno mi doveva aver attaccato questa cosa che non era parte del mio corpo. Non riuscivo a spiegarmi altrimenti perché ci fosse qualcosa che proprio non mi apparteneva. Ero spaventata e nascondevo tutto quello che sentivo per paura si venisse a sapere. Mi sentivo totalmente inadeguata, bloccata dalla presa di coscienza del nuovo corpo.

All'asilo mi chiedevo di continuo perché mi considerassero un bambino. In prima elementare non capivo perché le compagne non mi lasciassero andare nel bagno delle femmine con loro. Ogni volta mi sembrava un'offesa. È stata una fatica immane, soprattutto a quell'età: la mia mente era completamente assorbita dalla mia identità. Dovevo sempre concentrarmi per rispondere quando mi chiamavano al maschile. Ogni volta che parlavo dovevo ricordarmi di usare il pronome "giusto", che non era mai quello che avrei voluto.

Crescendo le cose non sono cambiate in meglio; vivevo in completa solitudine il mio disagio che per inciso ho scoperto avere un nome preciso: disforia di genere.

Non è stato facile. In effetti, non ho potuto vivere appieno l'adolescenza, perché se uscivo con due amiche, non eravamo un gruppo di amiche. Eravamo un gruppo di amici.

E come potevo spiegarlo ai miei adorati genitori? E se non avessero compreso quello che sentivo dentro di me o peggio ancora mi avessero escluso dalle loro vite?

Mi sbagliavo: loro sono stati la più grande fortuna, un bene infinito che mai avrei potuto sperare di ricevere e che passa attraverso il rispetto della mia sofferenza nel restare imprigionata in un corpo che non era mai stato mio. E così mi hanno smentita e clamorosamente: senza di loro, finché non ci sono stati loro, mi sono sentita persa.

Mi hanno aiutato ad avere il maggior numero di informazioni e a perseguire il mio cammino di transizione accompagnandomi dove avrei potuto trovare aiuto ed essere guidata in quello che resta un percorso tortuoso.

Abbiamo iniziato il percorso legale presentando ricorso al tribunale per avere la pronuncia che autorizzasse il cambio dei documenti e l'operazione chirurgica. Ricordo perfettamente la mattina dell'udienza in tribunale. Mi ero vestita per fare buona impressione al giudice: una camicina romantica, le scarpe basse, i capelli lunghi sciolti sulle spalle, un filo di eyeliner e l'orlo della gonna a perfetta misura. Non volevo fare una cattiva impressione. Eppure il giudice mi guardava con uno sguardo dolcissimo come a dire "Coraggio, è finita. Sei stata brava, hai avuto cura di te, sei arrivata sin qui, ce l'hai fatta; a me, giudice, spetta solo certificare quanto lo sei stata. Ti meriti tutta te stessa e la nuova vita che ti aspetta".

E così la sentenza alla fine è arrivata: "Si autorizza la ricorrente a sottoporsi a trattamento medico-chirurgico per l'adeguamento dei caratteri sessuali da maschili a femminili e si ordina al contempo la rettifica degli atti di stato civile in riferimento al sesso (da maschile a femminile) e al nome”.

Finalmente ciò che sento dentro e fuori di me coincide con quello che tutti vedono: Anna.

Una ragazza che incessantemente si è presa cura di sé e che ora vuole solo pensare a fare l’università.

CHICCA

Devi sentirti libera mi disse, ti autorizzo io

(Maria Luisa Spaziani)

Questo racconto è il testamento morale della prozia Lalla alla sua adorata nipotina Emma, che lei da sempre chiama Chicca.

Ed è invero l'occasione per Lalla di raccontare tutto il suo mondo femminile, composto da donne dignitose e resilienti, qualità che è certa appartengono all'amata pronipote, come una sorta di testimone che da lei e dalle sue sorelle è stato consegnato alla madre di Chicca, e da questa fatto proprio e trasformato in stile di vita per la figlia.

Lalla non ha dubbi che Chicca sarà degna testimone di quei valori femminili con cui è cresciuta: indipendenza affettiva, indipendenza economica, resilienza.

Il testamento è solo l'occasione per confortare la pronipote che sarà certamente in grado di superare le difficoltà della vita, come lo sono state sua madre e le sue prozie.

Cresciuta con dignità e dolcezza, Chicca saprà certamente andare oltre, senza mai voltarsi e restare solo dove si è felici. Chicca saprà avere cura di sé.

***

Oggi sento le gambe stanche come mai prima, e questi pochi gradini per entrare da Carlo mi pesano molto. Glielo dico da anni, da tanti quanti ci conosciamo: «La tua clientela invecchia insieme a te, devi fare qualcosa per quei gradini! Oppure prima o poi qualche ricca signora borghese che verrà da te per il suo testamento ci lascerà le ginocchia!»

Carlo ride sempre, mi risponde che esagero e che dico così perché sono gelosa delle sue clienti borghesi: «Dai, ammettilo Lalla, sei gelosa, vorresti in cuor tuo che si rompessero le ginocchia prima di entrare nel mio studio! Ti infastidisce che sia il depositario dei loro segreti; vorresti che lo fossi solo per i tuoi».

«Non dire cose senza senso, Carlo! Io non ho segreti con te. Non ne ho avuti mai! Sei la sola persona per la quale ho seriamente pensato di venir meno all'unica relazione che coltivo da anni, quella con me stessa».

Queste sono solitamente le frasi che ci scambiamo prima che entrambi assumiamo i ruoli che ci spettano, Carlo, il mio fidato notaio, e io, l'amica di sempre che ha bisogno dei suoi consigli. Oggi, tuttavia, è un giorno importante, ne parlo con Carlo da tanto tempo e lui mi sorride e mi stringe forte ogni volta, come il caro amico che effettivamente è, e mi asseconda con parole dolcissime: «Giusto Lalla, Emma è una creatura così fantastica che merita lo si possa leggere a voce alta, scandendo ogni singola parola».

E quindi eccomi qua, mia adorata pronipote Emma, che io chiamo da sempre Chicca, mentre mi accingo a salire con fatica questi gradini per lasciarti il mio testamento morale, affinché tu sappia, e possa sempre rileggere ogni volta che ne sentirai il bisogno, quanto amore tu rappresenti per me e per le tue prozie adorate.

Sei sempre stata la mia preferita, inutile negarlo; sei arrivata pochi mesi dopo un grande dolore, un grande vuoto, e hai saputo riempirlo con un sorriso dolcissimo. E mi hai conquistata. Disarmante il tuo sorriso e disarmata io nel riceverlo.

Non ho mai voluto legami, codici imposti, ho sempre voluto vivermi liberamente, nel cuore e nella mente come a ritenere la libertà verso me stessa prima un dovere che un diritto.

Eppure non avrei mai pensato, sono incredula ancora oggi, che un rapporto così speciale mi avrebbe legato a te. Un senso di empatia forte e profondo che mi fa sentire le tue forze e le tue debolezze, la tua rabbia e la tua gioia.

Ho tanti e dolcissimi ricordi di te, piccola Chicca; adorata figlia di tuo padre che, letteralmente rapito dal tuo sorriso, vedevo commosso ogni volta che gli chiedevi con una vocina furbetta e dolcissima «Papà, mi vuoi bene?» e lui follemente innamorato di quel visino rispondeva nell'unico modo che si poteva: «Con tutto l'amore che c'è».

Aveva mani grandi, il tuo papà, e la tua mano piccina era avvolta dalla sua con una tenerezza che ancora oggi il ricordarla mi riempie di emozione. Ti nascondevi tra le sue gambe e, buffa, giocavi a "cucù" quando fingevo di cercarti e non vederti. Così mi correvi incontro e ti abbracciavo forte per non lasciarti andare via, perché ogni volta era difficilissimo rinunciare a stare con te anche per poco.

Nel crescere non sei cambiata; sei rimasta dolce con il tuo sorriso disarmante e ti sei fatta bella e profonda, una donna capace di entrare in una stanza e rendere tutto il resto insignificante. Semplicemente dicendo il proprio nome.

Ti guardo e intuisco come sei fatta dentro: forte e coraggiosa tanto quanto tenera e indifesa. Sei cresciuta nell'amore vero, e questo, se da un lato si potrebbe pensare ti renda vulnerabile alle inevitabili mancanze della vita, dall'altro invero ti restituisce resilienza e consapevolezza del tuo valore e di quanto tu ti meriti dalla vita stessa. Le tue radici affondano in me e il mio passato affonda in te; di futuro oramai ne ho poco, ne sono consapevole, ed ecco perché ho deciso di lasciarti i miei ricordi in una sorta di testamento morale che ti affido affinché tu sappia quanto straordinaria sia stata la mia vita con te.

In queste parole che ti dedico e che ti trasmetto c'è la storia delle donne della nostra famiglia, della tua mamma, anche lei nipote adorata, attraverso un filo conduttore che dalle generazioni di un tempo passato si snoda attraverso la mia anima e arriva sino a te.

Nell'infinito ripetersi delle generazioni, tutte le donne della tua famiglia hanno ricevuto forza e dignità. Ma tu hai avuto in dono la *allure*, quella capacità di restare impressa nelle menti e nei cuori delle persone, come indelebile, indimenticabile. Difficile vivere lontana da te dopo averti conosciuta; io per prima fatico e mi accompagna un senso di inquietudine se non ti sento ogni giorno, perché forte più di ogni cosa è la gioia di vederti, la gioia di sapere che tu ci sarai domani anche se io non ci sarò, ma potrò rivivere in te.

Io ti guardo, piccola adorata Chicca, e ti sorrido sempre perché di me ti rimanga un ricordo e un'immagine di letizia e di allegria, come tu hai donato a me forse senza saperlo.

La parte gioiosa di tua zia Lalla. Ricordi? Non sapevi chiamarmi Maria Luisa e così mi hai chiamato da sempre Lalla e alla fine mi hanno cominciato tutti a chiamare così, anche la tua mamma, alla quale mi lega un rapporto di affetto particolare per la forza e la dignità che ha saputo trovare ogni volta che la vita le ha tolto senza preavviso.

E invero la dignità è il tratto distintivo maggiore della tua mamma che io ho sempre ammirato. Una forza interiore che non ha eguali e che le ha sempre conferito fascino ed eleganza rispetto a chiunque altra. E questo davvero mi auguro che sia l'insegnamento della tua mamma, adorata Chicca, il concetto di dignità, imprescindibile, irrinunciabile. Quel senso necessario del non tradirsi mai che deve accompagnarti come un amico fedele nelle tue scelte.

Ciò che temo e che al contempo mi conquista di te è più di tutto la tua dolcezza e il tuo senso dell'amore vero, assoluto, incondizionato, libero da mesti schemi borghesi e condizionamenti sociali. Un amore, l'amore, esclusivo che ti ha insegnato la tua mamma, l'unico che valga la pena di vivere.

Forse è questo coraggio di scegliere sempre l'amore che mi è mancato; ho sempre sentito più forte un senso di preservazione di me stessa che mi ha impedito, credo, di vivere relazioni amorose in modo esclusivo. La relazione con me stessa è sempre stata la mia priorità e l'aver cura di me ha sempre avuto la precedenza su qualunque altro progetto.

E invece vedo chiaramente nei tuoi occhi quanto tu aneli a trovare e vivere l'amore senza riserve. Lo vedo dalla dolcezza dei tuoi gesti, dal suono della tua voce, che come il canto delle sirene di Ulisse sembra destinato a fendere i cuori di chi l'ascolta.

Ecco, questo io temo; che non si capisca il dono di un amore così totalizzante, la rarità della persona che lo dona, e che si possa pensare di te,

Chicca, che tu sia al contrario una donna debole per il sol fatto che dai più di quanto ricevi.

E mi addoloro e mi struggo a questo pensiero ben sapendo che anche le esperienze negative saranno necessarie e utili, e che certamente saprai affrontarle con la dignità ereditata da tua madre e con la resilienza derivante dalla mia.

Mi mancherà, e molto, poterti ascoltare, sentirti entrare dalla porta come una ventata di profumo di primavera e corrermi incontro per abbracciarmi e subito raccontarmi quello che porti nel cuore. I tuoi abbracci adorata, Chicca, mi hanno dato così tanto che mai avrei pensato, il senso di quanto la vita mi ha tolto e i dolori che non mi ha risparmiato.

Sì, perché tu hai un dono, la capacità di entrare nell'animo e lì rimanere. In effetti, man mano che scrivo queste righe per te, mi rendo conto che ancora una volta tu, Chicca, hai dato molto di più di quanto hai ricevuto da me e da tutte le tue prozie adorate. Tu, piccola cucciola tanto attesa, hai donato a tutte noi la speranza, o meglio la certezza, che anche quando la vita strappa e porta con sé qualcuno, riesce comunque alla fine a restituire qualcosa di meraviglioso, quasi in una sorta di compensazione di quanto è stato portato via.

Pronipote adorata, sei stata catapultata nelle nostre vite per ricordare a tutte che l'amore è ciò che conta e che le parole amorevoli contano come i fatti perché questi ultimi senza le prime non avrebbero ragione di esistere. E perché forse hai ragione tu, bisogna sempre chiedere "Mi vuoi bene?" e decidere di rimanere solo dopo la risposta, mai prima.

La tua prozia Lalla non ci sarà per sempre, ma porterà dentro di sé la lezione dolcissima della sua adorata Chicca: "Zia, mi vuoi bene?" Sì, tanto Chicca. Come neppure si riesca a immaginare.

GEMMA

Il cuore le splende nell'ombra
né ancora di dubbi s'adombra

(Luisa Giaconi)

Questo racconto narra la vita della dolcissima suor Gemma, suora missionaria in Bangladesh, da sempre in un orfanotrofio per bambine e ragazze poverissime. A lei, priva di ipocrisie e sovrastrutture clericali, devo la mia assoluta fame di vita e di gioia.

Ma soprattutto la capacità di andare sempre oltre e di guardare al di là dell'orizzonte cupo che a volte ci si staglia davanti.

Faccio mie, e spero farete vostre, le sue parole e i ricordi dei suoi racconti di una terra e un mondo lontanissimi e a volte illogici, incomprensibili, ma soprattutto vi lascio la sua lezione di vita: dobbiamo sempre domandarci dove siamo felici e lì rimanere.

Perché avere cura di sé significa innanzitutto restare dove siamo felici. Che sia una chiesa, una casa, un lavoro poco importa. Magari anche un porticato bianco con il profumo di ibischi rossi.

***

Ecco, sento una leggera brezza che sposta le tende della stanza e mi arriva sul viso, che bella sensazione sento quasi il profumo dei fiori del giardino; eppure questa notte è stata molto dura. Il caldo soffocante non mi faceva respirare e non riuscivo ad addormentarmi, sentivo tutti i rumori della foresta più di ogni altra sera.

Da quindici anni. Sono tanti per una giovane ragazza comasca che aveva tutta una vita borghese tranquilla davanti a sé. Certamente piena di agi e ricchezza da fare invidia a molti.

Eppure non ero felice se non quando entravo in chiesa e mi sedevo sola a fissare il crocefisso come se aspettassi una risposta, un segno a ogni mia domanda. Finché ho capito che Lui era la domanda, quella che non volevo accettare, che mi impauriva al solo pensiero, che allontanavo da me con forza e ribellione: "Dove, Gemma, sei felice?"

"Qua con te. E ti cercherò finché ti troverò e staremo insieme" mi sono detta.

Così senza preavviso alcuno, e soprattutto senza avvisaglie, ho deciso di iniziare un percorso di noviziato presso un ordine missionario e poi ho chiesto di essere assegnata all'orfanotrofio in cui vivo da quindici anni. Non è stato così difficile, non sono mai stata una ragazzina con grilli per la testa, a me piaceva studiare, mi piaceva prendere voti alti a scuola, essere la prima della classe, la secchiona. Poco interesse suscitava in me la vita sociale e i suoi aspetti più irriverenti. Mi pareva tutto stretto, mal cucito addosso, come già deciso da altri e non riuscivo a tollerarlo. Volevo sentirmi libera e consapevole, mettermi alla prova e sì, provare a essere felice.

Qui ho trovato una famiglia, ho allevato figli e figlie senza essere sposata. Tanti ne sono arrivati in questi anni; alcuni non ce l'hanno fatta, altri ci hanno lasciato per andare in famiglie adottive, altri ancora sono rimasti con noi.

Figlie e figli amatissimi, lasciati in scatole di cartone il più delle volte sotto il porticato bianco pieno di ibischi rossi. Sporchi, denutriti, apparentemente senza speranze e per volere di Dio catapultati nelle nostre mani, e così miracolosamente salvati.

Anche stanotte, una notte così calda e afosa che non ti fa respirare, con le lenzuola che si appiccano anche con il ventilatore a soffitto acceso, ne sono arrivate tre di scatole. Anzi, una era una cassetta di frutta. sotto aveva delle foglie e dei fiori su cui era stato deposto il neonato. Le sorelle lo hanno chiamato Fiorenzo.

Il campanello che suona nel silenzio della notte è per avvisarci che hanno lasciato un'altra scatola. Stanotte tante altre scatole, troppe, hanno lasciato. Ipotizziamo abusi su ragazzine, prostituzione minorile e quanto il Male possa compiere impadronendosi dell'animo umano. Di questi "bimbi delle scatole" tanti si sono fermati e sono qua con noi, figli cresciuti con noi. Hanno studiato e si sono fatti grandi.

Io per volere delle sorelle sono insegnante di storia; dicono che parlo, parlo e parlo tantissimo, così sono perfetta per raccontare la loro storia e la storia del mondo. Eppure, stanotte ho faticato a addormentarmi, mi son detta che ora dormo sui divanetti del porticato bianco pieno di ibischi rossi, così sono già lì, pronta ad aspettarle e magari posso dare una benedizione, parlare, convincerle a rimanere qualche giorno per trovare una soluzione. Le sorelle mi lasciano fare, mi hanno sempre lasciato fare, mi chiamano "suor illusione". Sanno bene che mi illudo ma anche l'illusione non è in fondo speranza di un cambiamento? Di un segnale?

Quel segnale che cercavo disperatamente quando mi sedevo in chiesa sola e fissavo il crocifisso e mi dicevo “Dai, parlami, rispondimi che sono sempre qua. Ho bisogno di sentirti”. In fondo non ho mai smesso di cercare risposta alla domanda: “Gemma, dove sei felice?”

E se ci penso non posso che rispondere così: senza dubbio o ripensamento alcuno sono felice quando le aspetto di notte sotto il porticato bianco pieno di fiori di ibisco, le aspetto con le loro scatole di cartone o di frutta o vecchi stracci per parlare loro, abbracciarle e sperare che si fermino. Le riempio di parole, non voglio che si sentano sole. Sapete cosa mi dicono le sorelle? Dicono “Le confondi così pensano che non sei tutta a posto e ti danno retta più per paura che altro”.

Va bene, e se anche fosse? Meglio che tornare sulla strada o dai loro aguzzini. In fondo ho studiato legge e sostenuto con ottimi voti l’esame di abilitazione alla professione forense prima di iniziare il noviziato; ho l’arringa nelle vene! Ma io non voglio che si arrendano, che perdano la speranza.

Cosa ne sarebbe di tutte noi donne senza la speranza di un cambiamento, di un mondo senza abusi e soprusi, di un diritto all’uguaglianza di genere. Ecco, vedete, sto facendo di nuovo l’avvocato, hanno ragione le mie sorelle, ma non riesco a farne a meno. Non cedo, non arretro, non mi allineo nonostante i miei voti.

E poi che significa? Che dal momento che sono suora missionaria non posso capire e difendere concetti come rispetto, parità di genere, dignità? Ho preso i voti e deciso di aiutare, di essere al servizio dei più umili, ma non per questo mi adeguo e mi allineo alla violenza contro le donne che mi circonda. Qui come altrove.

Eppure, stanotte è stata molto dura, ho davvero bisogno di sentirti, di ripetermi la solita domanda: “Gemma, dove sei felice?”

Ed io ancora una volta, anche in quest’alba ventilata, stanca e sudata, dirò che qua sono felice sotto questo porticato bianco mentre sale il profumo di ibischi rossi.

SOLE E LUNA

Lo sgretolarsi non è atto di un istante, una pausa fondamentale.
I processi di disgregazione sono decadimenti organizzati

(Emily Dickinson)

Sole e Luna sono due sorelle che il padre ha pensato di chiamare con due nomi così opposti, quasi già a presagire il loro destino contrastante e contraddittorio.

Mi sono sempre chiesta se il nome che ci viene dato possa condizionarci la vita senza che ce ne accorgiamo. In questo racconto parrebbe così.

Due sorelle del tutto lontane sia per carattere che per percorso di vita si ritrovano alla morte del padre per la lettura del testamento. L'occasione mostra un rapporto enigmatico, fecondo di spunti inquietanti e ossessioni. Il loro rapporto ha i bordi netti del taglio di una lama, personalità diverse si fronteggiano da poli opposti.

Sole non riesce a comprendere l'atteggiamento ostile della sorella, è tutta la vita che lo sopporta, ma ora non ne è più in grado; ha un profondo dolore da superare per la perdita del padre e l'invidia senza senso di Luna è per Sole totalmente fuori luogo, insensata. Lei, che si è presa sempre cura di sé e ha attraversato dolori e delusioni, comprende che la bolla dorata in cui Luna è vissuta le ha di fatto impedito di vivere appieno la vita in ogni aspetto si presenta.

E così finalmente riesce a darsi pace, comprendendo e accettando che Luna non può essere salvata da sé stessa. Un percorso di accettazione che non sempre è facile intraprendere, ma che occorre compiere perché ciò che conta è la dignità con cui lo si affronta.

Sole, nella sua vita, ha imparato che il concetto di famiglia non sempre implica un rapporto di sangue, bensì una sintonia nell'approccio alla vita e un'assonanza affettiva alla cui cura ha dedicato la sua intera esistenza.

Il mondo di Sole è ricco di profonde amicizie e legami solidi, su cui lei sa di poter contare da sempre: le sue amicizie sono la sua famiglia, a cui non vuole rinunciare. Luna è da sempre un'estranea, lontanissima dall'approccio alla vita di Sole. Occorre accettare questa diversità, inutile perseverare.

Ognuna di noi sceglie un cammino da percorrere. Penso che la cosa che conta più di ogni altra è decidere consapevolmente quale questo percorso debba essere e accettarne appieno le conseguenze, senza voltarsi indietro costantemente.

***

Una settimana difficile. Una giornata difficile. Decisamente anni difficili. So bene cosa mi aspetta: nella migliore delle ipotesi, il tuo viso impietrito dall'odio oramai trentennale; nella peggiore, pure il dover ascoltare il suono della tua voce.

È così ormai da sempre, ma ho smesso di cercare una spiegazione, una logica in tutto ciò. Semplicemente non c'è. E ieri ne ho avuta la conferma quando mi ha chiamato la notaia per informarmi della tua ultima pensata: «Cosa si potrebbe fare per escludere dall'eredità mia sorella Sole?»

Mi chiedo se hai definitivamente toccato il fondo oppure se saresti capace anche di peggio. Purtroppo la risposta a questo interrogativo potrebbe essere la seconda opzione, ma tanto è bastato alla notaia per dare in escandescenza.

E mentre mi urlava nell'orecchio che era basita, che mai in trent'anni di professione le era capitato di constatare una tale bruttura d'animo, io appoggiavo il cellulare sulla scrivania della mia stanza n. 342 in tribunale e continuavo a scrivere la sentenza che avevo appena iniziato senza neppure essere turbata o stupita per quanto mi veniva riferito. Del resto non era neppure il comportamento peggiore che mia sorella Luna aveva avuto nei miei confronti.

Buffo questo particolare dei nostri nomi: Sole e Luna, quasi a presagire già la lontananza assoluta tra noi, l'impossibilità di essere presenti insieme nello svolgersi del ciclo della vita. O l'una o l'altra. E così in effetti è stato; due esistenze parallele che non si sono mai incontrate neppure per sbaglio. Due percorsi di vita totalmente differenti, agli antipodi come il modo di ciascuna di intendere la vita e gli affetti.

Una totale dissonanza di vedute, di aspirazioni e di progetti che di fatto ci ha indotto a condurre vite separate, lontanissime l'una dall'altra, senza possibilità di convergere neppure ora che siamo sole davanti all'apertura della successione dell'adorato papà.

Sin da adolescente io ho mostrato subito le mie aspirazioni: volevo assolutamente lasciare un segno nella vita delle altre persone attraverso la mia professionalità, la mia cultura e la mia volontà ferrea. Non sono mai stata disposta a mollare il colpo, di qualunque cosa si trattasse, io come un ariete procedevo a testa bassa ad aprire le porte, lavorando duramente senza mai lamentarmi e senza mai scoraggiarmi, neanche di fronte alle inevitabili delusioni.

Ricordo perfettamente la lezione di vita che le scuole femminili frequentate mi hanno trasmesso: si resta qui, capricci non se ne fanno, si dà il meglio di sé.

E questo io ho sempre fatto, anche sbagliando, certamente, ma senza mai demordere per arrivare alla fine del mio percorso. Non mi sono mai tirata indietro, non ho scelto la strada più facile, ma ho rischiato in prima persona nella vita, sia dal punto di vista professionale sia da quello personale e affettivo.

Ogni singola qualifica nel mio curriculum vitae è stata guadagnata e meritata anche tramite sacrifici e rinunce che mi hanno resa quella che sono oggi, una professionista poliedrica e una donna sensibile e risolta.

Di te non ho mai capito, in tutta onestà, cosa cercassi dalla vita, sembra che l'unica attività a cui ti sia dedicata e ti dedichi tutt'ora sia la maldicenza.

È il tuo solo scopo ed è rivolto a chiunque, ma con una predilezione nei miei confronti. Non fai altro, non ti occupi di altro e non pare che ti dispiaccia quando dopo così tanti anni di noiose e ripetute parole malevoli non riesci a notare come le persone siano profondamente infastidite e tediate dal suono della tua voce, che ripete sempre incessantemente le stesse cose.

Bene, ma tu cosa fai nella vita? Hai aspirazioni? Idee? Progetti? No. Senza dubbio alcuno. Tu, Luna, ti fermi sui gradini della maldicenza e da lì non ti sai muovere, non sai camminare verso il futuro, sei ancorato a un'invidia malsana nei confronti di chiunque abbia realizzato qualcosa nella vita, fosse anche un lavoro normale e una famiglia normale.

Hai distrutto coscientemente quello che papà ti ha lasciato pensando di poter vedere me distrutta. Che ingenua sei stata, tua sorella ha una capacità di resilienza, una forza e una dignità interiore inimmaginabili, che tu mai saresti riuscita a coltivare e far crescere dentro di te perché tu sei deserto, un terreno fertile neppure a morire, e io invece che morire ho imparato a respirare e sono volata in alto, così lontana da te che neppure tu riesci a immaginare.

Per troppi anni ho cercato di capire, di mettermi dalla tua parte, ma la verità è che non so quale sia la tua parte! Non so quale siano le ragioni di una tale malevolenza, se non l'essere fine a sé stessa. Siamo cresciute in un certo benessere entrambe, forse tu più di me perché io quello che possiedo l'ho pagato, tu invece l'hai avuto per benevolenza dei nostri genitori, facendo la vittima per il fatto di possedere pochi talenti e quindi sostenendo la necessità di dover pensare a te più di quanto si dovesse pensare a me.

Eppure ti dico che il trattamento impari che ci hanno riservato i nostri genitori è stato invero la mia salvezza, perché ho imparato in fretta a pensare a me senza dipendere da nessuno, a costruirmi una carriera in totale autonomia, a coltivare le mie passioni. E ancora una volta tu eri lì pronta a spargere i semi della tua anima irrimediabilmente persa.

Perché dopo quasi cinquant'anni ho capito che tu ti sei persa ed è impossibile riportarti a casa. Non hai una casa, non hai persone care. Non ha più senso che io ci provi e, ancora meno, che il mio animo resti sofferente a causa di tutto ciò.

E mentre ascolto la notaia che illustra la relazione patrimoniale sui beni di papà, comprendo che io sono la sua eredità, i suoi insegnamenti, il suo retaggio. È dentro di me, e lo sento ogni volta che sorrido alla vita, che abbraccio un amico, che rido con le mie più care amiche o semplicemente entro in tribunale e svolgo il mio lavoro con coscienza e professionalità.

Perché questo sono. Questo mi ha lasciato papà, e tu sai bene che non potrai fare nulla per appropriarti del suo profondo messaggio di infinito amore.

Ecco, la notaia ha finito e tu tieni la bocca stretta mentre io sorrido e comprendo che il tuo male, Luna, ti sta divorando e rende l'aria insopportabile, irrespirabile. Così mi alzo e non ti saluto neppure, perché non ha senso e io invece voglio dare un senso a tutto quello che è successo e che ho patito in questi lunghissimi anni di odio prendendo le distanze da te.

Perché io voglio vivere del mio, di quanto ho costruito e di quanto ho amato. Perdutamente. Da far mancare il respiro.

AGAVE

Ma sono – oltre
che me – sono sul guscio d’un fiore
[...]
o, lungo i cornicioni,
gatta sottile ignara di padroni

(Daria Menicanti)

Agave, dunque; nome di una delle Baccanti della mitologia greca, il cui significato è "splendido". In effetti, il racconto riguarda proprio una donna di straordinaria bellezza e grazia che vuole avere giustizia.

Sin dal nostro primo colloquio, la parola giustizia viene pronunciata tante volte da Agave, che ripete sempre: «Non è giusto».

Agave è una brillante collega, una di quelle che ti auguri di non avere come avversaria: profonda conoscitrice della sua materia, ha tuttavia una tale cultura trasversale del diritto che le consente di affrontare una conversazione su una qualunque materia senza timore di subire un'impasse nella dialettica.

Agave per tutto il tempo dei nostri colloqui tiene le mani unite, le accarezza con dolcezza, a volte le stringe forte. Solamente alla fine ho compreso che era lei stessa che teneva stretta a sé, così ferita da cercare conforto in sé stessa quasi a dirsi "Avrò cura di me, saprò andare oltre a una tale miseria affettiva".

Agave e Giacomo si conoscono e si frequentano assiduamente per sei anni. Tuttavia, inaspettatamente dopo tutti questi anni di relazione con Giacomo, durante una cena di compleanno a due, si sente dichiarare tutto il “non amore” di Giacomo; una frase che la trapassa come un dardo da parte a parte e la lascia senza fiato.

Decide così di andarsene. Senza se e senza ma. Al contempo, da fine giurista sente il bisogno di avere giustizia. Sente il bisogno di svuotare di valore Giacomo e di confutarlo nell’unica sede che riconosce: un’aula di tribunale.

***

Io, Giacomo, più che altro mi fidavo di te, anzi mi fidavo di quello che c’era tra noi. Eppure tu te ne sei uscito con questa frase: «Tu non esisti».

Pochi secondi dopo aver spento la candelina sulla torta che ti ha portato il cameriere. Con uno sguardo freddo hai lanciato questa frase contro di me e ti sei messo a guardare lo spettacolo della mia reazione.

Avrebbe dovuto essere la nostra serata, mi avevi chiesto tu di raggiungerti a Firenze. «Festeggiamo il tuo compleanno» ti dissi, e tu hai sorriso. Siamo arrivati insieme in albergo, abbiamo preso il sole, fatto il bagno in piscina, fatto l'amore, ci siamo poi vestiti elegantemente e siamo andati a cena.

Quello che non ha mai saputo è che ero arrivata un'oretta prima e avevo portato una piccola torta alla proprietaria del ristorante dove ci piaceva andare di solito quando eravamo a Firenze; avevo portato anche una candelina, pregandola di raggiungerci alla fine della cena per festeggiarti.

Non ho mai saputo cosa fosse successo, ma inspiegabilmente eri nervoso a cena; sapevo che chiedertelo avrebbe peggiorato le cose, così ho fatto finta di nulla come tante altre volte e ho cercato di essere spiritosa e simpatica come sempre, come dicevi che ti piaceva tanto di me. È buffo: mi ritrovo spesso a pensare che quella sera eri così bello; il sole preso insieme nel pomeriggio ci aveva dato quel colorito ambrato; mi erano uscite tutte le lentiggini e tu in camera mi avevi preso in giro. Io ti guardavo e mi piacevi così tanto mentre mi baciavi e mi stringevi forte.

Hai spento la candelina mentre io sorridevo e continuavo a dirti «Giacomo, auguri amore mio!» Hai finito la torta senza fiatare e io non capivo cosa stesse succedendo: cosa avevo fatto di sbagliato questa volta? Ti sei alzato hai pagato il conto e ti sei incamminato verso l'uscita: ti seguivo e ti chiedevo spiegazioni.

Solo allora ti sei girato e mi hai urlato «Tu non esisti». Ti ascoltavo incredula, continuavi a urlare che la dovevo finire, che dovevo capire che non esistevo e che non ero nulla nella tua vita. Camminavo muta, urlavi così tanto e io invece volevo ascoltare solo il rumore sordo delle parole che risuonavano nella mia testa e rimbalzavano dal cuore in un ping-pong continuo tra testa, cuore, di nuovo testa. Mi pulsavano le tempie e le gambe le sentivo tremanti. E continuavano a non parlare.

Me ne sono andata. Lasciandoti così come uno stupido miserevole che pensa di poter prendere dalle persone quello che può senza dare nulla, senza mettersi in gioco, pronto a sparire appena arriva il momento in cui bisogna pur dare.

In quel preciso momento per salvare la tua vita borghese te ne sei uscito con frasi a effetto secondo cui io non sono nulla, non sono esistita, nulla tra noi è esistito; tutti questi anni sono stati un passatempo.

Ogni settimana ti raggiungevo e passavamo due giorni insieme; momenti intensi di baci, risate, conversazioni di lavoro, opinioni vicendevoli su varie questioni legali. Ogni settimana. Per non parlare del fatto che ci sentivamo tutti i giorni, a volte fino a notte fonda: tempo quotidiano trascorso come una coppia. Ora, tu vuoi svilire tutto questo nel tentativo di svilire me, la mia intelligenza e la mia dedizione. Non te lo consento.

Vedi, Giacomo, io penso che ci si innamori subito e lo si scopra vivendo; e noi ci siamo innamorati subito, dallo scambio dei nomi, ma se per te non esisto allora devo chiedere una sentenza che accerti e dichiari la nostra pluriennale relazione e ne sancisca al contempo la sua fine.

Il tempo che ti ho dedicato, il mio amore fedele e devoto, ogni aiuto e collaborazione che hai avuto professionalmente da parte mia, ogni singolo episodio in cui hai avuto bisogno di me come professionista o come compagna, e io non mi sono tirata indietro, ebbene è necessario che si inquadri in un rapporto esistente e perdurante.

Lo pretendo: mi spetta una pronuncia che accerti la mia esistenza. Che accerti che non mi sono auto convinta, come in una sorta di isteria femminile, che ci siamo amati e cercati tantissimo in questi anni, ma che è successo veramente.

L'abbiamo vissuto. Entrambi. Certamente non permetterò che tu possa vivere nell'impunità di aver preso tutto da me e di pensare di cavartela con qualche idiota asserzione del tuo repertorio.

Non offenderai la mia dignità e la mia intelligenza, non te lo permetterò perché io sono meglio di te: io ho dato e tu invece hai solo preso. E quando è arrivato il momento di dare hai negato la mia esistenza, quasi a giustificare la tua codardia e il tuo egoismo affettivo. Come e cosa si può dare, del resto, a una persona che non esiste?

Solo questo io desidero: che un giudice pervenga a una decisione passando necessariamente per i fatti e li metta in fila, nero su bianco, scrivendo ripetutamente i nostri nomi, Agave e Giacomo, l'uno vicino all'altro. Una sentenza che accerti il nostro rapporto come relazione stabile e duratura, che abbia il coraggio di andare oltre schemi predefiniti quale fidanzamento o matrimonio, ma dia valore ai miei sentimenti.

Questa è la dignità a cui anelo. Che tu non possa vivere senza ricordare che in un'aula di tribunale si è asserito e in una sentenza si legge: "Agave esiste".

IRENE

Tu sai tutti i segreti,
come il sole:
potresti far fiorire
i gerani e la zagara selvaggia
sul fondo delle cave
di pietra, delle prigioni
leggendarie

(Antonia Pozzi)

Irene è la mamma di una ragazzina anoressica, ormai divenuta donna, che racconta la sua disperazione per non essersi accorta di come il mostro si era annidato nella sua famiglia tranquilla, serena. Ripete spessissimo queste parole perché all'inizio davvero Irene non accetta, non si capacita che sia successo proprio a loro: «Siamo una famiglia normale, perché proprio a noi?»

Con il passare del tempo, Irene affronta un percorso di analisi e comincia a comprendere che per lei l'apparire "normale" fosse come una sorta di status sociale a cui teneva moltissimo e in nome del quale era disposta a sacrificare anche le sue aspirazioni, i suoi desideri.

La diagnosi di disturbo alimentare getta la famiglia, ma ancor più Irene, in una profonda angoscia: niente è più come sembra, nulla è più come prima.

Non si era accorta di quanto la situazione sarebbe divenuta grave di lì a poco, e questo non riesce a perdonarselo. Continua a chiedersi dove ha sbagliato e perché proprio alla sua famiglia così "normale" sia capitata questa sciagura.

Irene entra in analisi per superare questo momento di angoscia e solo alla fine di un lungo percorso riesce a costruire con la figlia Martina un rapporto più autentico e completo.

E anche oggi che il tempo e le cure hanno portato i loro benefici e la figlia Martina si accinge a laurearsi, Irene riflette su come la malattia della figlia prima, e la sua guarigione poi, abbiano comunque segnato tutti e nessuno sia più la stessa persona che era prima del verdetto di dca[2]. Quelle parole sono state come un dardo veloce e potente che si è scagliato nella vita di Irene, avvelenando tutto, comprimendo ogni sensazione e catapultando tutta la famiglia in una voragine di paure e di dubbi che avrebbe potuto stritolarli.

Irene ha imparato ad affrontare ogni cosa in modo differente, ad usare con maggior cautela parole come "normale", "regolare", "usuale". Tutto diventa nuovo, tutto atterrisce, tutto è estraneo e ignoto.

E tutto paradossalmente è lì immobile, fermo, pronto a ricordarle che potrebbe tornare. La pa-

2 Disturbo del comportamento alimentare.

rola resilienza in questo racconto si colma di significato, perché occorrono forza d'animo e fermezza a Irene per stare accanto alla figlia senza perdersi, senza cedere alla disperazione, per gioire di un boccone di pasta mangiato o anche solo per il fatto che Martina, quel giorno, ha deciso di sedersi a tavola con le altre ragazze.

La scoperta di una propria dimensione umana profonda, oltre le sue abitudini borghesi, accompagna Irene in questo viaggio con la consapevolezza che neanche lei è più la stessa di prima e, forse, non vorrà più esserlo.

***

Ti guardo tanto, non riesco a smettere. Sei così bella stamattina figlia mia! Siamo tutti svegli da molto; tuo padre, tua sorella maggiore ed io che praticamente non ho dormito. C'è fermento in casa, ho ordinato dei fiori freschi da mettere dietro alle tue spalle mentre discuterai online la tua laurea. "Deve essere tutto perfetto" mi sono detta, per Martina o forse di nuovo solo per me.

Eppure oggi non voglio pensare a queste cose, oggi ti laurei con una tesi proprio sul tuo disturbo alimentare. Sebbene non sia come essere lì in presenza dentro la sala più bella dell'ateneo con la tua famiglia e i tuoi amici, anche qui in casa, in sala da pranzo, voglio che sia per te una giornata indimenticabile. E anche per me.

Hai scelto un abito molto raffinato, color giallo canarino, e invero mi sembri proprio come un uccellino che vuole spiccare il volo. Io e tua sorella abbiamo scelto abiti verdi e azzurri; faremo tante foto perché voglio immortalarti così, bella e sorridente, come non ti vedevo da tanto e come per tanto tempo non ti ho vista.

Anche quando sarai grande e, giustamente, lontana da me nel vivere la tua vita, voglio poter guardare il mio uccellino così bello ogni momento che lo desidero e seppellire nel fondo del mio cuore tutte le angosce più profonde che ho patito, in un luogo così nascosto che sia impossibile per loro riaffiorare.

Così ti guardo mentre tuo padre continua a scattare foto e tu ti innervosisci perché stai ripetendo nella mente la tua tesi e lo allontani fintamente mentre si vede che vuoi solo che continui a scattare e gli sorridi con tutto il viso come facevi quando eri molto piccola.

Per molto tempo non passava giorno della mia vita in cui non ripensassi continuamente, sino quasi a spaccarmi la testa, a cosa fosse successo, quale particolare mi fosse sfuggito quel maledetto 6 gennaio di dieci anni fa. Epifania. Significa manifestazione. Ecco, mi chiedevo questo: cosa volevi manifestare in quel pranzo del giorno della befana? Erano venute le nonne e due cugine. Avevo preparato gli hamburger che ti piacciono tanto con le patate al forno. Era stata una giornata come tante altre, ti eri svegliata presto e ti eri messa a leggere il tuo libro in salotto. Tuo padre, come al solito, era alle prese con l'ennesima filippica a tua sorella maggiore sull'assoluta necessità che nessun voto sulla pagella fosse inferiore all'ottimo, che non erano ammissibili svaghi o uscite pomeridiane con le amiche, vietata ogni minima forma di socialità insomma. Ogni elemento che in sé recasse distrazione era bandito. Io, come sempre, pensavo che lo avrei fatto parlare e poi avrei cercato di farlo ragionare. Ricordo solo che, stranamente, non prendevi le difese di tua sorella, non ti infiammavi con discorsi sui diritti degli adolescenti e il Garante dell'infanzia, e altro ancora. Stavi rannicchiata sul divano e continuavi ad avere gli occhi fissi sul tuo libro. Maledetta me che non ti chiesi cosa avessi nel cuore per farti stare in silenzio. A pranzo hai divorato quantità notevoli di cibo. Ma di nuovo non parlavi. Hai chiesto di alzarti e ti sei appoggiata sul divano riprendendo la lettura del libro.

E poi più nulla. Non hai più voluto mangiare. Per giorni. Tanti, troppi. Mentre tutti avevano una loro spiegazione scientifica, psichica, emotiva io ho tergiversato, non volevo crederci. Finché la situazione è così peggiorata che abbiamo dovuto ricoverarti.

La diagnosi è stata agghiacciante: «Martina soffre di dca, disturbi del comportamento alimentare».

Ma come? Ma cosa dite? No no, vi state sbagliando, noi siamo una famiglia normale, da noi certe cose non succedono. Eccomi qua, una signora sopraffatta dalla mestizia borghese con cui ha condito tutta la sua vita, pure gli hamburger di quell'ultimo pranzo. Mi stava crollando il mondo addosso, e pure il sistema nervoso di Martina stava crollando. E io non sapevo cosa fare, ero paralizzata, piangevo e mi arrabbiavo con tutti. O forse solo con me stessa; io che non avevo capito nulla del malessere di mia figlia, che non avevo scorto piccoli segnali di disagio. Ma cosa fosse successo di preciso ancora oggi non sono in grado di dirlo.

Il senso di inferiorità verso la sorella maggiore su cui il padre aveva riversato tutte le sue aspirazioni professionali; il continuo sottolineare che non avessi una pagella all'altezza delle aspettative; sicuramente il mio continuo ridimensionare queste situazioni sino quasi a ridicolizzare i tuoi tentativi di ribellione. Certamente tutto ciò, e altro ancora, ha fatto strada al mostro che non ci ha impiegato molto a crescere dentro di te, sino a portarti in questo letto di ospedale. E io ero disperata, continuavo a tormentarmi per cercare un colpevole, un momento, una frase, una persona. E il mostro nel frattempo cresceva talmente forte che raggiungeva anche noi familiari con i suoi tentacoli.

E non ci mise molto a metterci l'uno contro l'altra: «Consigliamo a lei e a suo marito di iniziare un percorso di terapia di coppia per aiutare Martina quando uscirà da qui nel migliore dei modi, e soprattutto in modo costruttivo». Seduti l'uno di fianco all'altra, mi accorsi che davvero nulla era come sembrava, non eravamo quello che credevamo. Mi veniva rimproverato tutto: che non lo assecondavo sulla disciplina scolastica, che nei fatti non stavo alle sue regole per apparire a tutti come una famiglia perfetta. Io, dal canto mio, lo trovavo così insopportabile.

Sempre questa parola: normale. A un tratto mi sembrava asfissiante, oppressiva. E così ho cominciato a capire il mio piccolo canarino cosa potesse avere avuto nel cuore, un'insopportabile malinconia, il desiderio una vita vera che non comportasse sempre lo stare seduti a fare giochi da tavolo solo per evitare discussioni inutili e ricatti psicologici.

Mi sono resa conto che il tuo disagio, Martina, invero lo portavo anche io nel cuore da tanto tempo e che non era più possibile andare oltre.

La terapia di coppia è stata molto dolorosa, siamo stati anche lontani per molto tempo e questo ci ha aiutato. Lentamente il mostro stava perdendo la sua forza e una fievole luce si intravedeva in fondo al tunnel. Tu, Martina, cominciavi a stare meglio: il team medico che ti seguiva aveva insinuato in te il dubbio che la tua vita potesse essere di più che stare in quel letto di ospedale, che tu stessa potessi volere di più.

Noi tutti abbiamo imparato a essere noi stessi e come ci si possa sentire a nostro agio in un corpo vivo ed in un rapporto sincero, senza ipocrisie. Io ho imparato a parlare, a dire le cose che non mi vanno senza tenermi tutto dentro, in modo che ci siano meno problemi, meno discussioni. Lui ha imparato che non serve apparire perfetti, ma che viverci ogni giorno è senza dubbio la scelta migliore, con indulgenza verso sé stesso e verso noi tutte.

Ora posso dire di essere diventata una persona migliore, più consapevole delle mie risorse e delle mie aspirazioni. Il mostro ha costretto tutti a guardarci dentro e a cambiare radicalmente le nostre vite attraverso un cammino di accettazione di quello che siamo e di cosa vogliamo diventare.

E ora, mentre commossa ascolto la tua discussione, sento il suo braccio che mi cinge la vita e mi sussurra all'orecchio «Sei stata la migliore di tutti noi, sei la mia vita Irene, ti amo».

Sì, anche io ti amo e amo questo profumo di futuro che pervade la stanza piena di peonie e ranuncoli gialli.

Il mio canarino ora è dottoressa e combatte il mostro dentro a tutte le altre ragazze. Il futuro ha davvero un profumo meraviglioso.

Eppure ci siamo amati così tanto
eppure i nostri baci erano così inarrestabili
eppure i nostri corpi erano così instancabili
che non vi era bisogno di ferirmi così tanto

Elena

RINGRAZIAMENTI

Ringrazio Women Plot per aver avuto il coraggio e l'ambizione di investire in questo progetto. Ringrazio tutto il suo staff per la vicinanza e l'emozione trasmessemi. E infine ringrazio papà, ovunque lui sia, per avermi insegnato e ricordato ogni giorno ad andare oltre.

BIOGRAFIA DELL'AUTRICE

Elena Pulici, cinquantatré anni, vive a Milano, avvocata, dottoressa in ricerca in diritto amministrativo, autrice di numerose pubblicazioni giuridiche e già giudice onorario di tribunale. È membro di un'associazione femminile che promuove aiuti concreti alle donne e premia l'imprenditoria femminile.

WOMEN PLOT

Quanti volumi nella nostra biblioteca sono opera di donne? Probabilmente pochi, infatti quando vogliamo acquistare un libro ci si rende subito conto di un certo gap di genere, gap confermato dai dati nazionali.

Un'analisi del settore editoriale mostra inoltre forti asimmetrie sia nella distribuzione dei ruoli che nell'assegnazione dei premi agli scrittori, nonostante le donne ottengano risultati migliori nell'istruzione e nella formazione e frequentino librerie e biblioteche con maggiore assiduità degli uomini.

Women Plot è un *publisher* internazionale e una *media company* che ambisce a ridurre le disuguaglianze di genere nell'editoria e nell'industria dei media condividendo storie di donne vere.

Come autrice, Erica, la *founder*, ha capito quanto sia ineguale il sistema: ogni donna che desidera avere successo nel mondo della scrittura è consapevole che ci siano ostacoli unici per raggiungere questo successo. È chiaro che esiste un pregiudizio di genere nelle case editrici e nel mondo dei libri. Abbastanza bene. Perché non provare qualcosa di radicale?

Women Plot vuole condividere storie di donne autentiche e stimolanti mentre coinvolge la comunità con eventi, club del libro virtuali e molto altro ancora.

La nostra visione è quella di diventare il punto di riferimento per acquistare libri che supportano il lavoro delle donne e riducono consapevolmente la disuguaglianza di genere.

Sapendo tutto questo, possiamo responsabilmente cercare di lavorare per la diminuzione del divario di genere e per sostenere attivamente un cambiamento culturale verso la definitiva parità di genere.

INDICE

WOMEN PLOT
WOMEN STORIES THAT INSPIRE

Printed in Poland
by Amazon Fulfillment
Poland Sp. z o.o., Wrocław

75098936R00110